李思圆 ❤ 作品

每一种优秀，都有一段静默时光

湖南文艺出版社
HUNAN LITERATURE AND ART PUBLISHING HOUSE

博集天卷
CS-BOOKY

目录
Contents

PART 2

PART 3

不知迷茫为何物…119

3

PART 4

烦恼即菩提…197

PART 5

序：心存山水，志在青云

1

在 2015 年前，我的整个人生，像平静的湖面，即便偶尔投掷一些惊喜和好运，也激不起任何大的波澜。

那时的我，虽然在闲暇之余，也读读书，写写诗，有过一些美好的憧憬和幻想，但是总体而言，我并没有太大的抱负和雄心。也并没有必须要做成的事，必须要坚持的梦想，甚至我从未想过，这一生，我的使命和归宿，究竟是什么。

如果不是读到英国小说家毛姆所写的《月亮与六便士》，以及读到那一句"满地都是六便士，他却抬头看见了月亮"，我想此生，我可能就会沿着世俗所铺好的路，一直走下去。

大概每个人的觉醒，都需要一些时日吧。我常常觉得，我的人生，其实是从写作起才真正起步的。

此前的二十多年，我都活得毫无方向、目标和追求，我像一个迷了路的孩子，甚至我连自己迷了路这个事实都不知道。

我被无数现实推着、逼着往前走。我没有反抗，也无力反抗，我就这样浑浑噩噩地度过了一天又一天。

我曾以为，我这辈子就这么平平淡淡地过下去，就足够了。直到读书和写作成为我生命中无法分割的一部分，我才突然醒悟，原来我早已虚度了二十多年的光阴。那一刻的我，感到无比恐惧，就像溺水者在大海中，快要沉下去时那般惊慌和害怕。

因为你突然清楚地知道，如果再不挣扎，此生，你就会彻底失去所有逆袭的机会和可能。

你知道，无论成败，你都必须在仅此一生的时限中，为自己拼一次，闯一次，大胆搏一次。

你也知道，如果你选择了轻易放弃，余生你都无法活得心安，你会永远被心中潜藏着的梦想所折磨，也永远不会原谅这个不战而败的自己。

于是，我在心中做出了一个看似疯狂的决定，从 2016 年的 6 月 8 日起，我决定日更文，且每篇文章不少于 1500 字。

当然我从未跟任何人表达我这样的决心。而曾经的我，哪怕决定早起一天，也唯恐全世界不知道。

其实当一个人真正想要做成某一件事时，他是靠着内在的驱动力去坚持的，而非咬牙切齿地硬撑，唯有这种强大的毅力和信念，才能打败前行途中所有的困难和挑战。

而事实证明，到今天为止，我写下了接近 200 万字的稿子，也依旧对写作葆有足够多的热情、虔诚和爱。未来我依旧会写下去，此行没有终点，直到生命结束。

有学生问台湾作家林清玄先生：你已经写了一百七十多本书，还会接着写吗？

他回答："如果我下午会死，我会写到今天早上，如果明天会死，我会写到明天早上。我已经写了四十多年，我一直在想，我最好的作品还没有写出来，我要一直努力。"

2

如果说写作是我人生中的一束光和一道出口，那么读书，就成了完善自我的必经之路和良师益友。

因为热爱读书，我变得越来越正能量，直到现在，你几乎很难在我的文章中发现负能量的词语和句子。

我承认，刚开始我是刻意为之，因为要强迫自己变成一个积极向上的人。

可后来我发现，那些美好、纯净、澄明的思想，在潜移默化中慢慢地滋养我，浸润我，直到它们慢慢地融入和渗透到我的言谈举止，成为我骨子里不可分割的一部分。

有一句话说，文如其人。其实这两者本就互相成全，分不出绝对的你我。

也因为读书，我的世界变得越来越大，我不再被禁锢在自己的思维局限里，我学会了独立思考，学会了包容和大度，也学会了去接纳这个世上诸多不同的活法和选择。

更因为读书，我发现了浩瀚无边的知识海洋，发现了无穷智慧的光芒，也发现了与伟人、哲人、高人对话交流的机会和可能。我像一个求知若渴的孩子，在这个可以随身携带的避难所里，迫切地、拼命地、不知疲惫地去挖掘，去探索，去寻找更加完善的自己，更加美好的生活，以及更有意义和有价值的明天与未来。

王阳明在《传习录》里曾说，读书，使心的本体光明。

这句话，在我身上得以印证。因为正是读书，点燃了我心中的希望之光。

它们熊熊燃烧在我的生命中，既生根发芽，也开花结果，更在我面对困难和挑战时，保护我从逆境中挣脱出来，并且借助挫折和考验，更好地淬炼和打磨我。

3

对于写作，我一直将它认定为自己的终生追求。

在这条路上，我虽然走得很慢，也经历了诸多坎坷、挫折和痛苦，但是从未想过放弃。同时我也很享受，为梦想全力以赴的感觉。

我不知道未来的我，是否能攀登上自己想要的高峰，但可以确定的是，我找到了自己的方向和目标，所以一切的付出和努力，也就被赋予了不一样的意义和价值。

我在听一个教授讲《易经》时，他说过这样一句话：当一个人知道真正想要干什么时，他的心中，就没有吉凶、成败和得失的顾虑，反正这一辈子都要去做的事，就去做好了。

其实每个人的一生，需要做什么事，要靠你自己去摸索。如果一件事情，是你很热衷，是什么困难都难不倒你，你不做会觉得很不自在，非做不可的，那这就是你这辈子应该做的事情。

记得罗曼·罗兰曾在《约翰·克里斯朵夫》中提到：

大半的人在二十岁或三十岁上就死了：一过这个年龄，他们只变了自己的影子；以后的生命不过是用来模仿自己，把以前真正有人味儿的时代所说的，所做的，所想的，所喜欢的，一天一天地重复，而且重复的方式越来越机械，越来越脱腔走板。

我希望更多的人，能够找到自己真正热衷的事情，然后将每一天都过得更加丰富、精彩和有意义，而不是将珍贵的一生，就这样毫无节制地消耗掉。

当然，并不是说，我很优秀，或者，自认为是楷模，因为我在写作的道路上，永远都只是一个初学者。

有一点不同的是，我希望将自己对梦想的这份执着和坚定，通过这本书，传达给更多正在迷途中的读者朋友，然后和你们互相学习、成长和进步。

4

严格意义上讲，这是我的第五本新书，它却是我的第一本心灵随笔。我很珍惜每一次能出版新书的机会，同时也渴望通过虔诚的文字，能让读者朋友们，从中汲取到哪怕一丝半点的星光、勇气和力量。

这本书总共有 21 万字，有大约 12 万字的最新随笔，是关于我对文学、对艺术、对生活的反思和领悟，其中包含书评、影评和旅行杂记，从未刊载，首次写入这本新书中。

另外 9 万余字，精选了我在自媒体平台的日更文，其中有 15 篇文章被人民日报《夜读》转载，有5篇文章被新华社《夜读》转载，同时也有3篇文章被人民网《夜读》转载。还有20余篇文章，在网上分别有十万多的阅读量。

最后，我很感谢所有的家人、朋友、编辑、出版社以及读者长期以来对我的支持、鼓励和肯定，同时这本书依旧有诸多不完善之处，还请大家多批评、指正。

在写作这条路上，我要走的路依旧很长。甚至它根本就没有所谓的终点，因为真正的终点，就在不断地去历练、完善、超越自己的过程中。

在未来，我会一如既往地在写作这件事上，投入更多的心力、专注和责任，最后，也谢谢所有读到这本书的人，感恩相遇，感恩文字，感恩这世上所有的美好、希望和爱。

思圆

2019.8.13

于成都

PART 1

优秀不是本能，
而是习惯

不够优秀，努力来凑

1

我上班的地方附近有几家早餐店，但这些店通常做不了半年，就入不敷出，频繁更换店主。唯有一对夫妻的早餐店在这里开了近十年，价格实惠，收入却很可观。他们的秘诀却是一些看似无关紧要的因素。

首先，这家店虽小，却打理得规整有序，即使是裸露在外的操作板也被擦得一尘不染，让人一看就知道很卫生，吃着也放心。

其次，这家店的夫妻俩非常能吃苦，每天早上五点半开门营业，到了中午 12 点才关门，节假日也不休息。

而且，这家店的服务态度特别好，他们一脸和气，有时哪怕顾客催得急，他们也不会表现出丁点不耐烦。

其实这家店卖的东西跟别家差不多，甚至味道还不如别家的好，之所以能走到今天，可以说他们是靠勤奋取胜。因为其他家经常想开就开，不想开就不开，而这家店一直都在，他们也跟顾客培养出了感情。

你不得不承认，有时一个人成功并非必须要有多么耀眼的优势，只要你够坚持、够努力，发挥独属于自己的核心竞争力，就能拥有一席之地。

2

朋友的公司有个行政人员，能力并不出众，但每次公司裁员她都能化险为夷。

这个员工其实比较笨拙，虽然尝试过提升自己，但是效果并不明显。于是她就想，重要的事我干不好，那至少要把那些看起来不重要的事干得足够漂亮。

比如她特别会做档案管理——虽然技术含量相对不高，但是最考验细心和耐心，于是她就把整个公司的档案整理得井井有条。

比如她特别会接待客人，虽然看起来只是端茶递水的活儿，但是如何有礼有节，把握好尺度和分寸，让客人有宾至如归的感觉，却需要下功夫去琢磨和思考。

再比如，她点外卖也相当专业。全公司哪些人喜欢吃什么，忌吃什么，她都一清二楚。她还能兼顾营养的搭配，分量的把握，价格的选择。

她身上的这些优点大多比较微小，但每件事都做得妥妥帖帖，让人挑不出毛病。

也许很多时候，我们当不了主角，做不成大事，但我们至少要保证能把配角当好，能把小事干好。一旦你以认真的态度对待工作，也定不会被工作辜负。

3
●

认识一位作者，他一度自卑，因为总是写不好热点文。每当他还在收集材料、整理思路、取标题时，别人的文章已经快速出炉，并且质量也很高。

他冷静下来反思，其实，他并不擅长写热点文，而是更适合写人物文。后者一般不要求迅速出文，他可以静下心来，花时间和精力去打磨构思。

他调整了心态，放弃写热点文，专攻人物文。他时常为了写好几千字的稿子，去翻阅十多本书，反复去了解这个人物的所有资料。功夫不负有心人，因为执着和专注，他的人物文越写越好，找他约稿的人越来越多。他成了写人物文的高手。

其实并不是必须要去做很有难度的事，才叫有前途。有时，你如果把看起来简单的事做得足够好，也能有所建树。

4

在现实生活中，我们总是会给自己做不好事找许多理由，但实际上，不够优秀的人还可以通过努力弥补先天的不足，冲破客观条件的束缚，打开另外一条出路。

会做生意的人，不一定要有多么聪明的头脑，多么特别的秘方，如果能找准顾客的需求，努力做好产品、提升服务，也可能拥有稳定的客源。

受到重用的员工，不一定是多么拔尖的人才，如果能认真对待所做的每一件事，也能赢得领导的信任。

一位作者，不一定精通所有文体，但如果能找到自己的特点和长处，就可能另辟蹊径，成为某个写作领域的佼佼者。

其实，真正特别有能力、有才华、有天资的人并不多。如果你愿意努力，同样可以给自己带来好运。

不要为自己的懒散和懈怠找任何理由。许多时候，你过得好不好，跟你是否优秀没太大关系，但跟你是否努力密不可分。

人生就是一个不断觉悟的过程

有一副对联，上联是，人生很长何必慌张，未来太远何必彷徨。下联是，岁月太短怎不匆忙，失去很多怎不惆怅。

其实，人的一生，说长也不长，满打满算也就三万多天。说短也不短，从青春少年到老之将至，也有整整几十年的光阴。

最重要的不是去计较生命的长与短，而是在这个过程中，我们要学会不断地领悟，不断地成长，不断地完善自我。

1

性格愈加沉稳。

不知你是否发现，曾经的我们，说话鲁莽，做事冲动，我们带着满身的棱角，去跟全世界对抗。可随着年纪的增长，你会慢慢变得平和沉稳。

有些话，不该说的，不能说的，没必要说的，你再三掂量后，选择了沉默。

有些事，既伤人，又伤感情，甚至对你有不利影响的，你在多次权衡后，选择了罢手。

其实并非你有所顾忌，也并非有何畏惧，而是你慢慢地懂得了话不可说尽，事不能做尽的道理。

毕竟意气用事，不仅解决不了问题，还无端生出诸多是非。

毕竟有时，给别人留一点余地，也是给我们自己留一条后路。

毕竟我们最终都要为自己的言行买单，逞一时口舌之快，做一时逾矩之事，最终都要承担全部的后果和责任。

当一个人的性格，变得越来越温厚，其实也就是越来越成熟的表现。

2

生活愈加朴素。

年轻的时候，我们总以为，拥有的越多，才会越幸福。

于是我们贪婪地去追求更广的人脉、更多的名利，以及更好的物质条件。

可渐渐地你会明白，原来在这世上，锦上添花的人很多，雪中送炭的人却很少。

　　与其浪费时间和精力在一些无用的社交上，还不如和三五好友，择日小聚，喝茶品茗，行君子之交，过素淡生活。

　　渐渐地你也会明白，所谓的名望地位，可遇不可求。

　　如果不能实至名归，无论你再怎么去争，去抢，最终德不配位，必有余殃。

　　渐渐地你更会明白，钱财乃身外之物，生不带来，死不带去。

　　在温饱以外，不必去强求，也不必去羡慕，更不必透支自己的身体，去换取一些虚名浮利。

　　随着年纪的增长，你会发现，幸福更多时候是一种内在的感受，而非外在的表现形式。

　　一个人越是能剔除杂念，越是能清心寡欲，越是能做到克制和理性，也就活得越坦然、淡定和惬意。

3

心态愈加从容。

大概每个人，都曾有过这样的经历。

喜欢的人，想做的事，心中有的愿景，都曾不顾一切地去追求过。

可人生哪儿会十全十美。

有时，我们真心真意去付出，却得不到对方的珍惜和在乎。
有时，我们拼尽全力去努力，却依旧得不到好的结果和回报。
有时，我们坚持不懈去争取，却也常常事与愿违，难以圆满。

大概在每个人的一生中，总有一些弯路，你绕不过；总有一些挫折，你躲不开；总有一些不好的情绪，是你无法避开，也必须要去感受和体会的。

但那些流过的泪，受过的伤，它们会成为一条渡你的船。那些吃过的亏，尝过的苦，它们会成为你前行路上的垫脚石。

而在经过岁月的打磨、洗礼和淬炼后，你终将明白，凡人认真对待过就好，不必挽留；凡事问心无愧就好，不必强求。

你要学会，过往不念，未来不迎。既不抱怨，也不纠缠，怀着一份感恩的心，去善待每一天。

只要你的心态对了，万事就顺了，人就不会那么累了。

4

余生愈加睿智。
每个人一生的境遇不同，阅历不同，前景亦不同。

　　但只要你学会不断从所见的人、所经的事、所走的路中，去反思、去自省、去领悟，就能增见识，宽格局，广境界。

　　所以你不必着急，因为没有人可以将所有的道理，一下子理解透。凡事都需要有个过程，需要时间去积累和沉淀。

　　但也不能懈怠，因为如果你放弃去提升自己，最终岁月留给你的，只会是脸上的皱纹和刻痕，而不是智慧的增长和深广。

　　余生，请你学会不断地在悟中行，在行中悟，不断地调整，不断地修正，我们终将走向成熟，走向睿智，走向更加光明美好的未来。

你的格局，决定你的未来

1

昨晚接到林姐的电话，我问她，年底很忙很累吧？她一脸轻松地说，其实还好，因为项目上有小王帮忙撑着。

小王和林姐以前是同级同事，林姐因为工作成绩突出，被小王嫉妒。小王总是找林姐麻烦，处处刁难她。没过多久，林姐被提拔了，那时小王心里很害怕，担心林姐会报复她。可林姐却非常坦诚地告诉小王，只要好好干，咱们既往不咎，从头开始。

小王听完喜出望外。接下来，她就真的像换了一个人一样，非常配合林姐的工作，给林姐减轻了不少负担。

我知道整个事情的经过后，对林姐非常佩服，也终于明白了为什么林姐遇到的贵人越来越多，事业也越来越顺遂。

想要前途越来越好，需要实力，需要努力，也需要心胸够宽广、性格够大气。凡事给别人一个台阶，也给自己留一个余地，你就会收获更多好人缘，得到更多人的支持和认可。

2

我认识一个阿姨，十多年前跟前夫感情不和，离了婚。后来她带着儿子再婚。现在的丈夫也带着一个儿子，他们组建了新家庭。

这位阿姨对两个孩子一视同仁，有时为了照顾非亲生的小儿子敏感脆弱的心，还会更多地站在小儿子那边。

刚开始，小儿子很排斥这个阿姨，但人心都是肉长的，后来慢慢感受到了阿姨对他真心实意的爱，态度也逐渐发生了改变。小儿子的亲生母亲知道后，也很欣慰。

前年，阿姨的儿子大学毕业，正愁找工作。小儿子的亲生母亲正好有这方面的信息，就主动把他推荐到一家企业去实习。

在生活中，你的格局越大、越能容人，也越可能得到机会和好运。因为只对自己好的人，顶多被自己爱，也对别人好的人，会被更多的人爱。这是一个简单的道理，但很多人做不到。

3

有个读者曾跟我讲，以前她奶奶嫌弃她妈妈生的不是男孩，所以从妈妈坐月子开始，就表现得十分冷漠。

那时，妈妈在月子里既要自己做饭洗衣，还要带孩子。而奶奶即便闲着，也不会帮忙搭把手。妈妈真的感到很委屈，甚至在气头上时也想过，等到奶奶以后老了，绝不会对她好。

可是这几年，奶奶上了年纪，眼睛看不清了，手脚不灵活了，甚至记性也不好了。妈妈不仅没有趁此机会出口恶气，反而在吃饭时帮奶奶夹菜，每天准点提醒她吃药，出门也总是牵着她，生怕奶奶走丢。

有一次，她问妈妈，你真的不恨奶奶曾经那样对你吗？妈妈说，毕竟我们是一家人，过去的就过去了，计较那么多，日子能过好吗？

情感中格局越大的人，越容易过得幸福。一家人，最重要的是一团和气，而不是互相计较、纠缠不放。放过不愉快的曾经，也就成全了当下的自己。

4
.

其实一个人未来能走多远，会被别人如何对待，会过上怎样的日子，跟他的格局大小都有关系。

通常，格局大的人，凡事从大处着想，不会斤斤计较，他们更有合作精神和团队意识。**得道者多助，失道者寡助。许多时候，你对别人宽一份心，其实就是给自己开了一条路。**

格局小的人，喜欢锱铢必较，容易困在琐事中，既为难别人，也跟自己过不去。如此你争我夺，不仅伤和气，也会让自己的前途受限。

格局大的人，待人和善，不存恶意。当他们给别人温暖和爱时，也会同样反作用于自己身上。

格局小的人，容不下别人，不容易谅解人，处处只为自己着想，别人也难对他们心存感激。

你的格局，从浅了看，是你做人的底线和原则；往深里想，就是你为人的修养和高度。你的格局，决定着你将拥有怎样的人生。

做到这三点，你就成熟了

1

每个人的一生，都伴随着诸多的感受、体会和经历。它们或好或坏，或对或错，或让你快乐或使你痛苦，但正是这些过程，让你一步步走向了成熟。

一个人成熟的第一标志，就是脾气越来越小。

曾经的我们，遇到不愉快的事、为难的事，以及那些突如其来的意外和伤害，就会暴跳如雷、气急败坏。

可是后来，我们渐渐学会了收敛脾气。即便内心再有情绪，也会维持基本的体面，做到谨言慎行、说话得体、行为合理。

一来，我们开始懂得，身体是自己的，如果被气坏了，吃亏受罪的也只是自己。况且，用别人犯的错误来惩罚自己是不值得的。而如果跟自己较劲，那更是没必要。

二来，我们开始明白，生气不但解决不了问题，而且可能使情况越来越糟。无论遇到多棘手的事，都必须要去面对，而当情绪不好时，特别容易做出错误的判断和选择。

三来，我们开始领悟，**时间和精力有限，没必要为了鸡毛蒜皮的小事纠缠不清、耿耿于怀，也不必为了那些曲解、误会和诋毁而大动干戈，只要做到心安和坦荡即可。**

2

一个人成熟的第二标志，就是对别人的期待越来越少。

曾经的我们，对任何人或事都怀着满心的期待。直到我们受了委屈、栽了跟头以后才发现，原来努力只是成功的必要条件，而非唯一条件。你努力了可能会成功，但不努力一定不会成功。

所以，你只管去耕耘、去奋斗、去竭尽全力，即便最终没有如愿以偿，至少也做到了了无遗憾。

原来我们待人真诚，对方却不一定会将心比心，甚至会还以虚情假意。所以，我们开始降低对别人的要求和期待，更不敢高估跟任何人的关系，因为往往期待越高，伤害越深；希望越大，失落越大。保持一颗平常心，就会减少许多不切实际的幻想和巨大的落空感。

你没法掌控别人的言行，但你可以管好自己。只要心中存有正气和正义，厚道做人、清白做事，问心无愧就好。

当你慢慢减少对别人、对结果、对外在一切过高的期待，就不会去纠缠、去强求，就会变得更加理性、清醒和睿智。

3

一个人成熟的第三标志，就是心态越来越好。

曾经的我们，但凡遇到点不如意之事，就容易抱怨。遇到比自己过得好的人，就喜欢去比较；遇到暂时的困难，就容易陷入低迷的状态。

那时的我们觉得，仿佛全世界都在跟自己作对。可你越去指责、去攀比、去沉沦，反而会过得越不顺。

于是后来，我们学会了不抱怨。可以改变的，就改变；不能改变的，就接受。不去做毫无意义的内耗，既是为了及时止损，也是为了不影响他人。

我们学会了不攀比。大多数时候，我们只看到了别人的甜，却看不到别人背后隐藏的苦。而幸福是一种知足常乐的感受，而非沟壑难填的欲望。

我们还学会了往好的方面想。任何事都有两面性，多去关注它积极、乐观、阳光的那一面，就能吸引来同等能量的东西。

慢慢地你会明白，一个人过得好不好，跟他的心态关系很大。心态不好，世界就会暗淡无光；心态好了，人生也就开阔明朗了。**而一个人的成熟，就是从内在的心态去自省、去调整、去疗愈，而不是一味地从外在去刻意寻求难以觅得的安慰和帮助。**

4.

每个人，都渴望成熟。

当一个人本事越大时，脾气就越小。因为他们已经练就了直面一切困难的能力。

当一个人境界越高时，他就越懂得先尽人事，后听天命的道理，从而更加自律，而不是只寄希望于别人。

当一个人越是达观、通透、乐观时，心态就会越好。因为他们早已培养了处变不惊、沉着镇定的好素质。

成熟其实有时与年龄无关，它是一种平和而温暖的心境，也是一种淡然处世的修养。

愿你我在人生路上，活得愈加开阔、坦荡和从容！

你总要学会，自己去面对所有的难

1

不知你是否有这样的时刻：其实没遭到什么打击，没遇到什么挫折，也没受到什么重创，就是莫名其妙感到情绪低落，莫名其妙地提不起劲，莫名其妙地想要逃离周围的一切。

一个读者跟我说，他有个习惯，就是下班后总是会晚半小时才回家。他通常就是在办公室静静地坐着，喝口茶，听听音乐，又或者翻几页书。

大概工作的压力、家庭的琐碎以及人情世故的复杂，让他感到有些疲惫吧。这短暂独处的时间，恰恰是他给自己的一个缓冲和调节。

有人说，成年人的世界里没有"容易"二字。谁都是一路学着坚强、学着忍耐、学着跟一切不如意对抗。但有时，总有一些微不足道的小事能把我们压倒，总有一些鸡零狗碎的困惑会把我们困住。**让我**

们痛苦的，往往不是难以逾越的高山大海，而是脚底下的一捧细沙。

我们也想过松懈和放弃，但我们更清楚地知道，不撑住，只会更难。

所以，我们学会了不动声色地安慰自己，也学会了悄无声息地跟生活握手言和。

2

有人说，年龄越大，越沉默。因为有些话，找不到对的那个人说；有些苦，没有人能感同身受；有些累，并不是人人都曾亲身体会。

这段日子，我突然感到有些力不从心。一来可能是太过劳累，身体没办法给我提供足够的能量和支撑；二来可能是对自己的期望过高，总是对自己不够满意。

遇到这样的状况，我不太喜欢诉苦，而是会选择好好吃饭，好好睡觉；该工作时工作，该读书时读书；尽量让自己不去胡思乱想，也尽量不说抱怨的话；留着所有力气让自己变得美好，而不是变得更糟糕。

不好的状态，很快就在积极的调节中得以恢复。

许多时候，我们不愿与人倾诉自己的忧和愁，除了不愿麻烦别

人，更重要的是我们慢慢学会了自我疗愈和自我勉励。

3

在社会上摸爬滚打久了你会发现，人人都有苦衷，很多时候除了学会自愈，别人帮不到你分毫。

认识一个单亲妈妈，她白天要上班，晚上要带娃，半夜三更还要多次起床给孩子换尿布、冲奶粉、盖被子……

刚开始的时候，她特别不适应这样超负荷的生活，总是逢人就倒苦水，也总是指责前夫不负责任，甚至一提到自己捉襟见肘的生活，眼泪就止不住地往下掉。

后来，她渐渐找到了平衡的方法：累的时候就少说闲话、少想杂事，节省体力和精力；困的时候就见缝插针地闭目养神；心里感觉苦了，就往嘴里放块糖，不断给自己打气说，好日子还在后头呢。

如今的她，心态越来越好，情绪越来越稳定，脸上也总是挂着灿烂的笑。

4

每个人都会有沮丧的时刻，别人可以给你一时的安慰和鼓励，但它们毕竟都是有限的，最终解决问题还是要靠自己。

每个人的生活，无论酸甜苦辣，都要每个人自己去品尝。每个人的道路，无论顺遂还是曲折，都要每个人自己去走。

你要找到适合自己的减压方式，既不能让自己安于舒适，又不能把弦绷得太紧。如此，才能在生活的千锤万击中找到平衡点。

记得有人曾说：每一个强大的人，可能都曾咬着牙度过一段没人帮忙、没人支持、没人嘘寒问暖的日子。过去了，这就是你的成人礼；过不去，求饶了，这就是你的无底洞。

我们都曾渴望在受伤时、难过时、孤独无依时，得到他人的回应、理解和陪伴，我们都曾害怕面对一切艰难险阻，直到生活给了我们一道道坎，才教会了我们如何在挫折和痛苦中变得更加强大。

我们并非生来就是强者，我们并非没有软肋，我们并非无懈可击，但我们终将学会，自己去面对所有的难。

孤独让你更自由

我是一个十分喜欢独处的人，每一天无论多忙碌，我总会见缝插针般地找到间隙，让自己独自待一会儿。

我并不孤僻，也没心理疾病，就是单纯地喜欢独处时的惬意和安静，以及享受独立思考所带来的满足和心安。

甚至有时，为了创造这样的机会，我经常独来独往。因为这样就可以帮我节省大量的时间和精力。

我独处时，感到最自在和舒服。

因为此时的我，不用跟别人说一些言不由衷的话，也不用去做一些不合心意的事，我真真实实地做我自己就好。

虽然我本不属于很热情之人，但是人不可避免地具有社会性，有些基本的体面，还是需要维持的。

曾经的我，还会有诸多纠结和顾虑之处。

但如今的我，不想见的人，不想做的事，几乎已经做到了最大程度的精简。

当然，这样的我，并不被大多数人所理解。

但这又有什么关系呢？如果一个人总是活在别人的评价中，他将失去独立思考的能力，以及最基本的认知和判断力。

因为我不需要去迎合我不想迎合的人，去得到一些虚空的支持、认可和肯定。

也无须给自己争取一些看似光鲜亮丽的虚名浮利，**比起取悦别人，和让自己得到世俗意义上的成功，我更在意我自己内心的真实想法和感受。**

而我一个人待着时，可以读书，可以写作，甚至可以发呆。总之，无论做什么，都会让我感到无比充实和丰富，都比跟一群人进行无意义的狂欢来得更加踏实和坦然。

有时，我也会有困惑和不解，难道我真是如此自私的人，只在乎自己，而全然不顾别人？

可直到我读到叔本华《人生的智慧》这本书时，顿觉找到了知己，甚至松了一大口气，同时他也表达出了我内心诸多无法用言语表达透彻的切身体会。

"对天才来说，他们乐于独处，闲暇是求之不得的恩赐，其他一切都是多余的，甚至是负担。唯有这类人的人生重心才可以算是完全在自己身上。这些罕见的人，不论他们的性格有多优秀，都不会像其他人那样，对朋友、家庭和一般的社会团体展现出过多的热情和强烈的兴趣。即便失去外在的一切，他拥有的自身内在，也会让他得到安慰。

"疏离和孤独是他们的特质，尤其是当其他人从未真正切实地满足过他们时，这种特质会产生更大的影响力。

"总的来说，这类人天赋异禀，他们也逐渐习惯了被当作异类游走在人群中，并在思考普通人性时，会使用第三人称的'他们'，而不是第一人称的'我们'。"

其实我不是天才，资历平平，也没什么才华。但坦白讲，叔本华所提到的观点，无一不在我自己身上得到印证。

诚然，孤独让我远离了人群，让我莫名其妙背负了太多误解，但同时，孤独也让我活得洒脱和自由，而后者所给我带来的快乐，完全可以抵消它给我带来的压力和重负。

我时常想，折磨我的方法，一定不是将我孤立起来。哪怕是把我关在深山野林，只要有好书看，有文章写，我也同样可以把日子过得丰盛、热烈、余裕。

但如果你将我安置在茫茫人海中，让我丝毫没有独处和思考的时间，那么无论给我多好的生活，也只会让我枯萎和凋谢。

其实我曾想过，自己不能活得与世界格格不入，有时也要尽可能地说服自己，多一点妥协。

可每当遇到这样的时刻，内心深处的声音总会不断地告诉我说，每个人有且只有一生，别人的评价和观点，并不是你活着的全部意义，而你要相信你自己内心的真实感受，尽可能地去做自己，这才最重要。

如果一个人，在有限的条件下都不能按照自己的意愿去生活，那么无论他看起来活得多么光鲜亮丽，至少他的灵魂是干瘪的、暗沉的，没有活力和朝气的。

有时，把人生看得透彻些，我们每个人活着，最终都是殊途同归。既然我们留不下什么，也带不走什么，那么尽可能按照自己的意愿过生活，才是对自我最大的尊重和肯定。

毕竟别人的一生，你无法指手画脚。而你的人生，别人也无权干涉，孤独一点，潇洒一点，活得更像自己一点，又有何不可呢？

面对本心，才能放下执着

看过这样一则故事。

一位弟子的师父圆寂了，弟子很伤心，葬礼上流泪不止，别人看到他这样，就说，你们出家人不是讲来世今生吗，死去的只是肉体，灵魂是可以得永生的，这有什么值得难过的呢，看来你的道行还是太浅了吧？

弟子说，一个人的死去如同一朵花的凋谢，我无法再听到他动人的声音，无法再看到他走路的姿态，难道这不值得惋惜吗？

别人又问，你们出家人，讲究四大皆空，你这样难过不是一种执念吗？弟子说，我并没有执着于什么，只是一朵花凋谢时，泪水落到我的眼睛里，这一切都是自然发生的事情。

其实我很赞同这个弟子流眼泪的行为，但对这个弟子关于流眼泪的解释，有一些自己的浅薄之见。

我总在想，为什么他就不愿意承认，自己流眼泪，确实是因为舍不得，确实是控制不住自己的情感，确实是因为对师父存有很深的感情。

　　虽然《金刚经》里讲，出家人不应该有执着之心，就如那个著名的四句偈：一切有为法，如梦幻泡影，如露亦如电，应作如是观。

　　但作为一个凡人，我又时常想，无论你是否出家，只要有肉身，其实还是有凡人的特性吧。

　　我并不觉得，皈依佛门，或者修炼功力，就非要把作为人的特性全部剔除掉。

　　也许人的私欲、贪婪和恶念等，确实可以通过不断的修行，在你内心深处被逐渐清空。

　　但人的柔软心、慈悲心、欢喜心，却不应该被刻意掩盖。如果这个世界缺乏了爱，那么即便六根清净、超凡脱俗的人，其实活着，也就失去了做人的意义。

　　即便是大慈大悲的观世音菩萨，也有普度众生的心愿，而地藏王菩萨曾发愿：地狱不空，誓不成佛。众生度尽，方证菩提。

　　虽然经书里讲，他们已经修得了法身，实现大乘，本不应该有喜怒哀乐等情绪，但从本质上讲，他们对天下众生，有足够深的爱。因为看到凡人受苦受累，他们会于心不忍，会情不自禁地想要去解救他们。

因为苦难有时具有客观必然性，哪怕你想度天下人，但从理性出发，这仅仅是个美好的心愿。

因为烦恼、痛苦和不如意，本就是活在人间不可逃避的麻烦和问题。这样看来，是不是佛也有执着心？

我并不认为，当我们失去一个很亲近的人时，流眼泪就是执着。

因为面对他的离开，那一刻，你的情感上一时半刻无法接受，是人的本能反应。

而如果你在这个过程中，还要去纠结，去刻意回避，去假装不在意，这才是真正的执着。

那位弟子说，一个人的死去如同一朵花的凋谢，我无法再听到他动人的声音，无法再看到他走路的姿态，难道这不值得惋惜吗？

如果我是那位弟子，我只会说，我无法再听到他动人的声音，无法再看到他走路的姿态，所以我很惋惜。而不是把他比喻成花，或者比喻成其他什么东西。我仅仅是舍不得这个真实存在过的，以及对我有深刻影响的师父。我坦荡地去面对我的本心，这才是不执着吧。

总有人说，要放下执着。其实执着怎么是能放下的呢。一旦你产生了"放下"的念头，其实就是执着啊。

更多时候，执着不是放下的，而是靠时间在不经意之间，慢慢地去融化、和解和妥协的。

优秀不是本能，而是习惯

认识一位老师，他是报社的总编辑。

他本身是学新闻的，科班出身，也做过专业记者，后来又到新媒体行业工作，他的工作阅历非常丰富，且都与文字有关。

就在两个月前，他用了五年的业余时间，写了人生当中的第一本书。我有幸帮他写了一篇新书推荐文。

其实这是我第一次写这样的内容，害怕写砸了，不仅自己没面子，也无法尽自己的绵薄之力帮助老师宣传新书。

在下笔写之前，我几乎用了一天的时间构想，写完又花了整整三个小时，不断地进行整理和修改，然后就在当天发给了他。

其实当时我内心很忐忑，害怕老师对这篇文章不满意，但人只要用心做一件事，即便文字稍显拙劣，技巧不够娴熟，也还是会打动人心。

发给他以后，他没回我。通常他工作很忙，可能第二天再回复我的信息，也是再正常不过的事。

当晚 11 点多，我在临睡时，在朋友圈看到一名作者发了一张他和这个老师正在喝酒的照片。

当时我猜想，他难得放下繁重的工作，去放松一下，可能今晚就不会看这篇文章了。

第二天我依旧如往常那样，凌晨 5 点起床看书，幸好翻看了一下手机，才发现他夜里两点给我发来信息说，看了我写的文章，觉得写得很好，但有些标点的用法有错误，于是帮我修改好了以后发给了我。并且他再次强调，只是修改标点，对文字没有任何修改。

其实当时我的心情特别复杂。

第一，很感动。毕竟我用心写出的文章，终于得到了老师的认可。

第二，很惭愧。因为他居然严谨到为了几个看似不重要的标点符号，半夜不休息，还特别帮我排了版，然后调整好间距、格式和字体。而对比我自己在写文章时所暴露出的不认真、不细致，我真想找个地洞立马钻进去。

曾经以为，优秀是一种天生的本能。但其实，优秀是一种长期扎根生长的良好习惯。

坚持是一种信仰

前几天，在地铁里看书，看了这段话：

这是发生在我大学期间的一件事，至今犹记在心。公共课"社会学"的老教授给我们出了这样一道题目：如果一件事的成功率是1%，那么反复尝试100次，至少成功1次的概率大约是多少？备选答案有4个：10%、23%、38%、63%。

当时我也想自己来猜一猜，就没接着往下看。而我的目光刚扫过这4个答案，完全出于直觉，就毫不犹豫选了63%。

然后我再接着往下看：

经过十几分钟的热烈讨论，大部分人都选了10%，少数人选了23%，极个别人选了38%，而最高的概率63%却被冷落，无人问津。

看到这里，我很惊讶，因为怎么也想不到自己心中的答案居然没有人选。

然后再接着看：

老教授没做任何评价，沉默片刻后，微笑着公布了正确答案：如果成功率是 1%，意味着失败率是 99%。

按照反复尝试 100 次来计算，那失败率就是 99% 的 100 次方，约等于 37%，最后我们的成功率应该是 100% 减去 37%，即 63%。

全班哗然，几乎震惊。一件事倘若反复尝试，它的成功率竟然由 1% 奇迹般地上升到不可思议的 63%。

看完最后一段以后，我有些小兴奋，因为我居然选对了答案，虽然它是靠猜的，毕竟我也根本想不到，63% 的答案是这么解答而来的。

但我之所以会猜到是它，是因为**在我的潜意识里，一直坚信，任何一件事，只要你反复去尝试和练习，成功的概率就会越来越大。**

比如我失败了 1 次，那么我再努力，成功的机会就会增加 1 次。如果我失败了 100 次，那么我再次尝试，成功的机会就会再增加 100 次。

这个道理，我不知道是否符合逻辑，也不知道在严格的数学推算上，这样的想法，究竟对不对。

但我的内心深信坚持的力量，因为我对文字的热爱，也一直支撑着我走到了现在。

就如爱迪生发明电灯做了一千五百多次实验都没有找到适合做电灯灯丝的材料时，有人嘲笑他说："爱迪生先生，你已经失败了一千五百多次了。"

爱迪生回答说："不，我没有失败，我的成就是发现一千五百多种材料不适合做电灯的灯丝。"

更多时候，我们并不是因为看到了希望才去坚持，而是因为内心有了希望，所以要去坚持。

很多人都在强调不要怕失败，坚持才能走到最后，很多人懂这个道理，却很难在面对多次失败时，依旧有坚如磐石的信心和勇气。

很庆幸，我的内心一直有一股坚持的力量，它一直支撑着我，在无数个黑夜，即便独自前行，即便没有光亮，即便看不见远方，也能坚定不移地往前走。

我曾问过很多人这样一个问题，你相信真的有"水滴石穿"的现象吗？其实我当然知道有，但我的用意并不在此。

而我得到的答案，大都很犹豫，他们的解释要么说，虽然有，但耗时太长，有的需要上百年，甚至上千年，才能滴穿石头。

有的说，那也只是极少存在的自然现象，不能把它用在做人做事上，因为人的寿命没那么长。

直到后来，我遇到了一个人，我也问了她同样的问题，她斩钉截铁地说，相信。仅仅因为这两个字，我就认定了，她可以成为我的朋友。

更多时候，坚持是一种信仰，而非一种结果。当一个人有了信仰，即便最终不成功，也不算真正失败。

而若一个人从始至终，都没有对信仰的坚持，那么他这一辈子，无论结局如何，都注定是个失败者。

取悦自己的三层境界

有人曾说，**世界上最大的事，莫过于知道怎样将自己给自己。**其实这句话的意思是，如何活出自己喜欢的样子。

而一个人要做到如此，首先就要学会取悦自己，这里有三层境界，你在哪一层呢？

第一层

从外在条件，宽慰自己。

认识一个姑娘，她在一家房地产公司上班，虽然这里的待遇看似可观，但是也着实辛苦。

她每天从早忙到晚，连续加班，经常熬夜，一连出差几个月也是常事。

有时好不容易休几天假，也不得不接上几十个业务电话，催得她完全没办法彻底放松一下，于是每次她都这样给自己减压。

第一，舍得为自己花钱。

有时她会去购买一件心仪已久的衣服，或是去吃一顿总是嫌贵的晚餐，又或者是买一束正当季的鲜花，这样就会暂时忘却烦恼，情绪也有所好转，甚至内心突然就释然了。

第二，把自己打扮得更漂亮。

她说销售业绩最差时，她越是要每天整装待发，化上最精致的妆容，穿上最相称的套裙，脚踩一双温柔妩媚又铿锵有力的高跟鞋，而每次美貌都会给她带来信心和鼓励，以及意想不到的好运气。

记得之前在网上看到有个段子说：

想来想去还是努力赚钱更靠谱，不然心情不好时，只能买两瓶啤酒一袋鸡爪子在路边嗷嗷地哭。努力赚钱的话，就能躺在幽美的山中温泉里，敷着面膜，止不住眼泪。努力赚钱我还可以去纽约哭，去伦敦哭，去巴黎哭，去罗马哭，边潇洒边哭，想怎么哭就怎么哭。

虽然我并不赞同哭的做法，也不提倡铺张浪费，但是能有资本和能力，让自己去到这么多地方，看不同的风景，大概比站在原地伤心落泪更能快速恢复元气，重新振作吧。

而香奈儿也曾说："我真的不能理解一个不打扮一下就出门的女人，即便是出于礼貌也不应如此。谁知道哪一天命运之神会眷顾我们呢？"

许多时候，一个看似不重要的化妆，也能起到至关重要的作用。越是不顺时，越不能允许自己邋遢，因为你一旦放弃自己，世界就很容易放弃你。

也许在世俗的观念中，总觉得花钱和变美是很肤浅的事。

其实当一个人遭遇挫折，感到糟糕，心情跌入谷底时，去享受一下更好的生活，以及遇见更美的自己，或许就能豁然开朗。

第二层

从内在状态，认可自己。

你身边是否有这样的人？他们总是无法相信自己的直觉，无法认同自己的喜好，无法坚定自己的选择，总是被别人的思想所左右。

有位女士，每次买衣服都喜欢拉着三五好友，给她做参考和建议。

说来也怪了，但凡她觉得漂亮的衣服，朋友们都觉得不好看，但朋友们看上的，她又不喜欢。

但每次，她都违心地听从了别人的意见，而买回去的衣服，勉强穿了几次，就再也提不起任何兴趣。

有位作者，原本他特别喜欢写纯文学小说，但大多数读者都喜欢看短小精悍的散文、杂记，或者心灵鸡汤。

虽然他一直坚持自己的兴趣爱好，但是每当他写的小说阅读量不高时，他就不知道该如何是好。

这让我想起了一个故事。

一位诗人写了不少的诗，虽说有一些名气，可仍有一些没有被发表出来，为此他觉得自己不被欣赏，很是苦恼。

有一天，诗人跑去向他的禅师朋友诉苦。禅师听完他的苦水，笑了笑，指着窗外一株茂盛的植物说："你看，那是什么花？"

诗人看了一眼植物说："夜来香。"

禅师问："你知道它为什么叫夜来香吗？"

诗人说："因为它只在夜晚开放。"

禅师又问："那你知道，夜来香为什么不在白天开花，而在夜晚开花呢？"

诗人摇了摇头。

禅师笑着说："白天开放的花，都是为了引人注目，得到他人的赞赏，而这夜来香，**选择在无人问津的夜晚盛开，并不是为了取悦任何人，而是为了芳香自己，它只是为了给自己制造惊喜。**"

在生活中，很多人总是无比纠结，因为迎合了大众，就委屈了自己，而遵从了自己，又害怕遭受打击和否定。

其实，当一个人学会了首先取悦自己，而不是让别人满意时，就更加成熟和有智慧了。

　　毕竟日子是你在过，生活是你在经营，自己好不好，你心里最清楚，而别人不过是个看客而已。

　　就如松浦弥太郎所说：**你的爱好，你的生活方式，都是为了取悦自己，当你懂得了如何取悦自己，你的生活自然有了品位。**

第三层

　　从心态上，调整自己。

　　通常，当我们遇到污蔑、诋毁、不理解时，总是会严重影响自己的情绪。

　　我有个表妹，因为工作能力很强，总是能让领导放心和满意。而她的突出表现却间接伤害到了其他同事。

　　因为他们觉得，就是因为她的"优秀"，才显得其他人懒怠、拖延、不努力。

　　为此大家故意孤立她，排斥她，甚至有意陷害她，她感到特别痛苦。

　　其实我们要学会去思考是否有错，如果有错，改正就是。如果没错，又何必生气呢。

　　作家哈理斯和朋友在报摊上买报纸，朋友礼貌地对摊贩说了声

"谢谢"，但摊贩却冷口冷脸，没发一言。

"这家伙态度很差，是不是？"他们继续前行时，哈理斯问道。

朋友说："他每天晚上都是这样的。"

"那你为什么还是对他那么客气？"哈理斯问。

朋友答："为什么我要让他决定我的行为？"

也许当我们遭遇欺骗、背叛，甚至被人离弃时，总是会感到无比失望、难过和崩溃。

可是你是否想过，这个世上，我们遇到的人，有的是来教会我们成长的，有的是来给我们教训的，而只有为数不多的是真正对我们好的。

有个熟人，前段时间和相恋五年快要结婚的男友分手了，因为他又爱上了别人。

当时她无法接受这样的结局，整天茶饭不思，夜不能寐，上班也心不在焉，用了各种办法折磨自己。

后来大家都劝她想开点，毕竟离开了错的，才有可能遇到对的人。

退一万步说，哪怕余生再也找不到一个合适的人，好好爱自己，也照样可以把日子过得风生水起。

演员赵子琪曾分享过这段话："那时候的自己内心还是有很深的

黑洞，想要抓住一个人爱来爱去，但事实是，没有任何一个人能满足你情感的黑洞，你必须自己调整心态，学会找乐子，去发现很多有意思的事，学会与自然恋爱，与自己恋爱，学会在无数次悲喜交加和长途跋涉后，享受最好的年华。"

其实一个人取悦自己最高的境界，就是学会和自己和解，将自己的心态修炼得更加豁达、从容和大度。

取悦自己，其实是一件很难的事。因为在现实生活中，我们已经习惯了取悦别人。

我们害怕被嘲讽，被孤立，被否定，于是我们渐渐迷失了自己。

其实一个人只有学会不辜负、不怠慢、不轻视自己，才能真正活成自己想要的样子！

疫情，只是平淡日常的放大镜

1

大概许多人都不曾想到，在 2020 年的新春之际，受突如其来的新型肺炎影响，让中国 14 亿人口，突然陷入全民的焦虑、恐慌和危机中。

在此期间，铺天盖地的消息，让大家有感动，有愤懑，也有难言的哀伤和悲痛。总之，种种复杂的情绪交织在一起，让人深感沉重。

每当发生一次灾难，总有人说，对生命又有了新的领悟，比如明白了生命的无常和可贵，也懂得了善待和珍惜等。

可在我看来，许多人恰恰是不明白这些道理，所以才会在每一次看似坏的结果发生后，才去感慨生命，反思人生。

也许在这一次疫情中，我们看到了大爱，看到了团结的力量，也看到了真正的人间大义。同时，也看到了人类自身存在的缺陷和问题，抑或发现了人性中自私或丑陋的一面。

其实，疫情不过是一个放大镜。

它不过是放大了一些原本就显而易见的道理，以及生态平衡中相生相克的原则，也揭露了大自然的生存发展规律。

但生活的本质，其实从未发生改变。

天地教给我们的道理，其实并不需要大灾大难去给人以强烈的警醒和预兆。因为平淡的日常中，同样具备辽阔和丰富的人生智慧与哲理。

2

大概许多人都曾有这样的感受，也许平日里，你很少去思考生命，也很难对生命触发太多理性的反省。

除非在真正的生离死别来临时，你才会经由遗憾和后悔，真切体会到生命在沧海一粟和须臾片刻之间。

原本无论是一朵花的凋谢，一个婴儿的出生，抑或一个陌生人的旦夕祸福，都可以让我们窥见生与死的必然交替。

但许多人并没有敏锐地观察和反思。

他们只有等到身边突然有一个人受了病痛的折磨，意外地去世，抑或突然地消失，然后才会去懊悔，在原本可以拥有和珍惜时，没有好好去拥抱，以及没有好好说一句再见。

其实等到你只是在思想上，而非行动上去践行时，不仅为时已晚，也失去了无常带给人的真正的思考和意义。

而真正的觉悟，不是非要出现灾难时，才去汲取教训，而是时时刻刻怀有对生命的敬畏。

在每一个看似平凡普通的日子，都能用你全部的努力，去珍惜和善待每一个人，去用心做好每一件事，努力去完成你的心中所愿。

我们既不可盲目自信，以为战胜了病毒，就迎来了真正繁花遍野的春天，也不能过度悲观，因生命有太多不确定性，去混一天算一天。

其实不妨去做一个悲观的乐观主义者，把每一天都当作最后一天去对待，把见到的每一面，当作最后一面，把每一句话都当作最后一句话来说，把心中的爱、柔软和感动，在未知的明天来到之前，及时地表达出来。

3

日常在给人安定之感的同时，也带给人思考的麻木和钝化。

其实悲剧时时刻刻都在发生。无论是否发生在你身边，无论是否被你感知到。无可否认的是，你身处水深火热之中，却不自知。

所以，人要有以小见大、见微知著、睹始知终的能力，要能在看似无波无澜、风平浪静、水波不兴的日常中，怀着如临深渊，如履薄冰的态度，去谨慎对待自己的生命。

当一个人从日常的一朝一夕，一食一寝，一蔬一饭中，学会了珍惜自己，厚待他人，学会了珍惜时间，不虚掷生命，学会了全力以赴，而不是得过且过，那么他才真正做到知行合一，才能尽可能地做到不负此生。

有一句话说："每临大事有静气，不信今时无古贤。"

其实这里的静，它除了是心态上的宠辱不惊，不取于相，如如不动，也是一种"卒然临之而不惊，无故加之而不怒""泰山崩于前而色不变，麋鹿兴于左而目不瞬"的定力。

这更是一种内在的智慧，因为功夫其实还是在于平时的积累和沉淀，当你在每日的小事中不断参悟，自然在大的危机发生时，才有相当的底气去应对。

一个真正有修为的人，即便在磨难和祸患到来之时，也并不会表露出一惊一乍、慌张、恐惧的状态。

其实他们也并非如圣人般，拥有无坚不摧的内心，只是他们每时每刻都怀有警惕。

因为在看似不起眼的日常中，做到了防微杜渐和未雨绸缪，所以才能在大是大非面前，做到淡定和从容。

4.

曾有人言："世间之事，祸福相依，人力可为而不可违。"

其实幸福和灾难，它们都并非独立存在的，甚至是互生的平衡体。

从世俗意义上看，我们的生活中，处处充满不幸，充满厄运，甚至充满未知的意外。2020 年的新型肺炎，无论是国家、社会，还是个人，都付出了惨痛的代价。

但用宇宙意识来讲，其实在所谓的"灾难"中，也并非毫无价值和意义。

它同样孕育着新生和希望，更是一种生态系统的自然更迭，以及人类历史的因果循环。

那么我们除了缅怀在这一次没有硝烟的战争中牺牲的无辜生命，除了对战斗在一线的医护人员，致以最崇高的敬意和敬仰，除了感谢我们伟大的国家，我们更应该在每一个看似风微浪稳的日子里，学会对所有物种心生敬畏，学会用善良、仁爱和慈悲的无分别心，去对待众人和众生。

学会尽自己的一份力，一份责，一份担当，去扛起自己的使命、社会的使命，乃至国家的使命。

许多时刻，人常常容易被宏大的历史叙事激发出高涨的家国情怀，但在平平凡凡、普普通通的日常中，我们才更应该把该有的承担、反省和思考，落到实实在在处。

诚然，面对猝不及防的疫情也好，灾难也罢，我们在情绪上很难做到镇定自若，也会有一些手足无措。

但在灾难发生时，我们要做的是把主要精力都投入化解矛盾中，而不是一味地抱怨和指责。

而在灾难过去以后，我们要做的恰恰不是歌功颂德，而是从灾难中学到宝贵的经验和教训。

一个自信且健康的社会，当然不能只允许一种声音的存在。

一个强大且完善的社会，当然不需要不作为、不担当的官员执政。

一个正义和慷慨的社会，当然不允许自私自利的公民趁国难之虚，为自己谋取不义之财。

但当正义被扭曲，真相被蒙蔽，良心被腐蚀时，我们要去反思的，不仅仅是暴露在疫情下的种种乱象，更要去检讨我们自己，对这个社会，做出了哪些助纣为虐的行为，以及如何在日常的每一天，尽到自己的绵薄之力，去建设出一个更加美好的新家园。

我只怨我自己，如今还不够努力

下班回家的路上，我开着车，外面下着小雨，心情也是湿漉漉的。

就在前不久，我才发现，原来我在广州的新书见面会，居然只是因为沾了别人的光。

因为图书公司的发行答应主办方，我会请到某个重要嘉宾，于是这场活动才被批准举行。

在此之前，其实我完全被蒙在鼓里。直到编辑跟我对接的时候，我发现他们必须让我带上那位重要嘉宾，刚好这位嘉宾在当天也有自己的新书签售会，来不了了。

原本我天真地以为，来不了就算了吧，毕竟这个见面会还是以我的新书宣传为主。结果编辑反复改了好几次时间，只是为了去迎合这个嘉宾的时间。当这个嘉宾说，他晚上才有空，可以改到晚上，他想办法赶过来时，编辑又让我改到晚上再办活动。

当时我就觉得不对劲，结果一问才知道，原来自己不过是个配角，甚至可以说，没有这个重要嘉宾，我的新书分享会就在广州办不了。

不得不说，那一刻，我的自尊心受到了严重的打击，甚至还有满满的羞辱感。于是我立马决定，无论这个嘉宾去不去，我都不去了。

这不是负气，也不是任性，更不是自暴自弃，这样的固执和倔强，不过是对自我的尊重和信任。

刚好这一次的挫败给我敲了一个警钟，也激发了我绝地反击的斗志。

因为我恰好是那种愈挫愈勇的人。屡战屡败，也许是我的真实写照，但屡败屡战，却是我坚定不移的人生信仰。

我无意责怪谁，因为我知道，一切错其实都要从自己身上找。

第一，我不怨图书公司和编辑，毕竟他们和我的出发点是不一样的。

第二，我也不怨这个重要嘉宾，毕竟他从始至终，都在跟他的团队协调时间，我发自内心地感恩。

第三，我也不怨主办方，毕竟他们愿意为一个作者付出财力和心力，并不是免费的，而是想实现双赢。

我只怨我自己如今还不够努力。

我希望，也相信，终有一天，我一定可以靠自己的能力和实力，在全国举办我的新书分享会。彼时，我再诚挚邀请那位重要嘉宾来参加，而不仅仅是仰仗他的光芒和人气。

在生活中，许多真相会让人难受，甚至不敢去面对。但你不知道的是，正是这些赤裸裸的真相，更好地鞭策我们往前奔跑、前进和冲刺！

栖息之处，自在我心

今年外出旅行，见了沙漠，走了戈壁，也途经了大草原，甚至还路过了一段"无人区"。

虽然只有九天的休假时间，但是因为去的景点较多，见了不少游客，无意中听到他们对大西北的赞美，当然也有一些抱怨声掺杂其中。

记得在一个缺水的服务区，一个游客说，这里连喝个水、洗个澡都成问题，幸好我是来旅行的，如果常年生活在这儿，肯定不行。

而在另外一个服务区，连吃的也成问题，根本没有选择，只有干巴巴的大饼卖，环境也很差，即便你再挑食，再讲究，也只得凑合。

为了看日出，我甚至去了一个很偏僻的小镇，那里的生活条件瞬间可以把你拉回到三十年前的农村。

这一路上，我都在想，如果我就待在这里，不回去了，是否能适应，是否可以很好地生活下去，又是否能放下目前所拥有的一切？

对此，曾经的我，答案一定是不行。甚至一想到这个问题，我就会害怕，会心生恐惧。

可是这一次，我突然了悟到，人其实不过是浮萍，走到哪儿，不都是一样的吗？那一刻，我突然理解了"四海为家"的含义。

其实我也并没有那么超脱。

比如我有自己割舍不下的东西，如果你现在给我机会，让我纯粹去过侍弄花草、喝茶品茗的日子，我做不到。我放不下我的梦想，对它，我有太多执着、虔诚和爱。

但即便如此，我依旧觉得，人只要真正知道自己想要的是什么，生活在哪儿不都是一样的吗？

也许在一个新的地方，你的一切都会重新开始，但变化其实并没有那么可怕。人这一辈子，不都是处在变化之中的吗？

许多时候，我们以为自己做不到，其实只是没有被逼到绝境而已，又或者说，你只是主观意识上不愿意去改变而已。

曾经很羡慕陶渊明笔下的《归园田居》，可以"开荒南野际，守拙归园田"，有"方宅十余亩，草屋八九间"，也可以过上"户庭无尘杂，虚室有余闲"的生活。

又或者很期待刘禹锡心中的《陋室铭》，可以"谈笑有鸿儒，往来无白丁"，可以"调素琴，阅金经"，也可以"无丝竹之乱耳，无案牍之劳形"。

可是现在的我，更渴望自己能修行到可以活在随便哪一个当下的状态中。好日子过得，歹日子也过得，在不好不坏的日子里，也能悦纳细碎庸常里的美好和感动。

记得三毛曾说过一句话："心若没有栖息的地方，到哪里都是流浪。"许多人以为能给人提供安全感的地方，是房子，是家，又或者是有另一半在的地方，其实都不是。

当你心中有了明确的方向和目标，当你知道自己想要的是什么，并且能够为之心甘情愿地舍弃、放下一些东西的时候，**你的栖息之处，就在你的心里，只要初心依旧在，你无论到了哪儿，都会觉得踏实和自在。**

克制才能自由

今年 6 月，我的粉红色书包终于光荣地退休了。

其实在这个奢靡的时代，能把一个 298 块钱买的书包背到褪色、拉丝、实在不能用的，并不多见。

很感谢它为我服务了整整两年，几乎每一天，我都背在身上。并且我又喜欢看书，每天装的东西也很沉。

其实说这一点，并不是为了炫耀我有多节俭，当然也并不是我穷到买不起新包。

而是我深知由俭入奢易，由奢入俭难。再者，我也希望自己能克制物欲，将更多时间和精力，都放在读书和写作上。

曾经我以为，节俭是一种优秀者与生俱来的品质，但后来才发现，这是一种后天培养而成的克制。

因为人性本来就喜欢奢华的东西。而节俭就是反人性的行为。但我们之所以还提倡它，一定有它的深刻用意，而不仅仅是为了省钱。

比如北宋杰出的文学家范仲淹在应天府书院求学期间，每天煮两升粥，待粥凝结后，划分成4块，早晚各2块（古人仅两顿正餐），拌点腌菜就满足了。读书困乏了，就用冷水洗脸。

应天府留守听说了他苦读的事迹，特地派人送来美味的饭菜，范仲淹却谢绝了："我今天尝到美食，今后再看到粗茶淡饭，就难以下咽了。"

当然除了在物欲上克制自己，还更应该在思想上节制自己，这就相当不容易做到了，因为它非常考验一个人的定力。

记得有记者曾采访马英九，问他为什么长得这么帅，地位这么高，却从未跟任何女性传出过绯闻。

他的解释是："我不是柳下惠，美女坐怀我还是会乱，所以唯一能做的，是不给任何美女坐怀的机会。"

还有一种克制，就是刻意让自己不去享受轻松、安逸、舒适一点的生活，而是保持一种相当的警觉性，不断培养自己的耐力和韧性。通常能做到这一点的，都是牛人。因为能有这样的觉悟的人实在太少。

记得我在看一位企业家的自传时，里面有个细节描述，让我对他敬佩不已。

他曾为了攀登珠峰做了很多准备，他平时爬山，也要背氧气瓶，而且有10斤左右，感觉像是多此一举，而且还增加不少负担。

在深圳训练时，有时候天气很热，他也要背着两个登山包，经常有热情的年轻队员过来要替他背，他却说，现在你可以替我背，到了8000米以上，谁会替我背？氧气瓶总不能让向导帮忙背吧。

其实克制是很不容易做到的一件事。通俗点讲，你要不断地跟自己的本性相对抗，就是明知有更好的生活，你却拒之门外，非要自讨苦吃。

于大部分普通人而言，他们的痛苦其实也往往源于无法做到克制。而于少部分精英而言，他们看似因节制过得很单调、乏味，甚至少了一点纵情纵欲的快乐。

有一句话说，自律的人生才自由。其实当你学会了从内而外的克制，自然就会懂，克制的人才真正自由。

因为你对外在的一切，无论是情感，还是物质，越依赖，越容易被捆绑和束缚。而你越能做到断舍离，越会活得洒脱且从容。

PART 2

我偏要勉强

每一种优秀 都有一段静默时光

别让今天的懒，成为你明天的难

1

看到这样一段话：

"这就是现在的你：三分钟热度，没有毅力，做事情推三阻四，懒惰大于决心，鼓励自己的话说了太多却说说就过，计划订得很完美却总是今天推到明天，明天推到后天什么也没做，激起了奋斗意识准备好好学习却还没有坚持几天就放弃了，而且你还知道这样下去只会害了自己，可是你就是这样。"

深以为这是许多人真实的生活写照。

有太多时刻，你既想要变好，又做不到自律。

你既走不出舒适区，又无力改变自己的现状。

你既不甘心就这样浑浑噩噩地混日子，又无法克制自己的惰性，做不到全力以赴去努力。

于是一天又一天，一年又一年，直到你蹉跎了岁月，荒废了光阴。

最终，你会发现原来美好的明天和未来，并没有如期而至。但懊悔和遗憾，却伴随了你终生。

其实一个人可以不成功，但必须要成长；一个人也可以不优秀，但必须要进步。如果止步不前，或者放任自流，最终将会彻底毁了你自己。

当然，历练的过程非常艰难和痛苦，可是相比懒惰、懈怠和不努力所带来的烦恼、迷茫和焦躁，有时勤奋、刻苦和坚持，反而会让你活得更加轻松和顺遂些。

2

一个读者跟我提起，他曾无数次想过改变自己。比如养成每日早起读书、锻炼身体的习惯。在做计划时，虽然各种豪情壮志涌上心头，但是真到了第二天，闹钟响了十次，他也起不来。买了一大堆书，也没翻过一页。运动器材都快生锈了，也懒得碰一下。

我问他，为什么没有做到？

他给自己找了一大堆理由，比如也想起床，可总感觉没睡醒。比如也想看书，但苦于太忙没时间。比如工作太累，回家以后就真不想动了。

其实，给自己找借口，是一件很容易的事，因为它能轻松地帮你掩盖你的不努力、不自律、不上进。

克服困难，却需要定力、耐力和意志力，因为它需要你不断跟自己的惰性相对抗，不断地去挑战和完善自己。

但不同的是，前者虽然看起来会活得很轻松，但是未来的每一天，都会活得越来越被动和艰难。

而后者可能会活得很疲惫，可是他将拥有越来越多的选择和自由，也会打磨出越来越好的自己。

有太多时候，我们总是太容易放过自己，你舍不得让自己多流点汗，吃点苦，受点累。

可生活并不会放过如此贪图安逸的你，它会不断地给你压力和重担，你越想逃避，它就越不会手下留情。

3

这几年，我在写作的路上有个最深的体会，那就是无论你是才华横溢，还是满腹经纶，一旦你变懒了，加持在你身上的好运和好命，就会被消耗殆尽。

认识一个写作者，她是文学系毕业的，有相当好的底子和功力，而在此前，她几乎每周都会更新至少三篇原创文章，并且立意新颖，内容都较优质。

可等到她的读者越来越多，她的人气越来越高后，她就渐渐地松懈了，文章从一周只更新一次，再到每月只更新一次，再到好几个月也写不出一篇像样的文章。

后来，她轻描淡写地告诉所有人，她原本不适合写文章，然后就选择退出了自媒体。

当然这是个人的选择，无关对错，但我依旧为她感到惋惜，如果她能坚持写下去，肯定会大有前途。

如此优秀的作者，都会因为不努力而被淘汰，那么你我这样的普通人，除了更加努力，就真的别无选择了。

有太多时刻，毁掉一个人的，从来不是没有过硬的能力，没有太强的实力，而是这个字——懒。一旦你放弃了持续不断地努力，放弃了对自我的要求，也就放弃了往上攀登的资格和可能。

4

大多数时刻，一个人之所以无法变得更好、更强、更优秀，并不在于他自身的能力不足，外在的条件不够，或者得不到好运的眷顾和垂青，而是在该努力时，总想着偷懒，在该坚持时，总想着放弃，在最需要撑起时，又总是打退堂鼓。

也许有人会反驳说，其实我也想过要努力，但就是做不到。

其实想到和做到，中间隔着十万八千里的距离。你如果不去行动，一切都将成为空谈。

我们总是会败给自己的懒。

读书时，懒得背书，懒得复习，懒得做练习。于是你把成绩差归为你不是学习的料。

工作时，你懒得精进，懒得下功夫，于是你把业绩差当作你不适合这份职业的借口。

生活中，你懒得去打理自己，懒得去花心思，于是你把活得暮气沉沉当作改变不了的环境和事实。

其实在人生当中，无论你想要成为什么样的人，想要做成什么样的事，几乎没有一件是容易的。**但只要你选择踏踏实实地去努力，就会为自己减少诸多阻力和障碍。反之，你越是浮躁，越是放纵自己，就会离想要的生活越来越远。**

不要让今天的懒，成为你明天的难！

成年人的世界，少说话，多做事

1

少说话，用成绩证明自己。

我一直很佩服一个很有争议的人——章子怡。

2000 年时，她主演的《我的父亲母亲》，入围柏林电影节，获银熊奖。

本来按照惯例，只有导演才能去领奖，但当时章子怡居然穿着一身大红兜肚装，和张艺谋一起上台，引起一阵轩然大波。

有人说章子怡太有心机，不懂规矩，渴望成功的欲望都写在了脸上。甚至传言，她为此得罪了张艺谋。

时隔多年，章子怡提到这件事，才说出了真相，原来当初她征求过张艺谋的意见。

但导演觉得这不重要，不用解释，她只要踏踏实实地拍好电影，作品代表一切。

于是她并没有多言，只是默默地努力，直到《卧虎藏龙》让她再次声名鹊起。

之后，她的人生一路顺畅，但就在快要到达巅峰时，因为"沙滩门""诈捐门""泼墨门"，她迅速被拉下神坛。

面对大众的质疑、讽刺和诋毁，这一次，她面对的是更大的挑战。但她依旧有强大的忍耐力和定力，居然也不解释，而是靠三年的打磨，用一部经典作品《一代宗师》成功翻身，并凭借这部电影，一举斩获12座奖杯，这成为她人生当中能与《卧虎藏龙》相媲美的里程碑。

《一代宗师》里面的一句台词，其实不仅是宫二的话，也在说章子怡想说的话：**话说清楚了，不是你还的，是我自己拿回来的。**

许多时候，当一个人被推向舆论的深渊，被无端诋毁，被莫名其妙质疑时，再多的言语，都是无力的，唯有用成绩去证明一切，才最有说服力。

记得亦舒曾说，**要生活得漂亮，需要付出极大忍耐，一不抱怨，二不解释，绝对是个人才。**

有太多时候，我们只要学会不过度在乎那些流言蜚语，埋头去苦干，去创造成绩，去体现自己的价值，那些恶意中伤，就会慢慢散去，一切才会恢复平静。

2

少说话，用事实去表明清白。

我曾住的小区里，有一家人，媳妇和婆婆的关系从被邻居们诟病，再到大家都夸媳妇厚道、大气、心好，这个转变过程，整整花了三年。

事情是这样的：这个婆婆的儿子，在一次出差途中，遭遇车祸，不幸去世。

当时婆婆感到无比绝望，虽然家还在，房子还在，儿媳和年幼的孙子都在，但是如今自己唯一的儿子不在了，她瞬间感到彻底失去了依靠。

再加上小区里，跟她差不多年纪的婆婆都告诉她："你媳妇以后肯定会改嫁，而你的日子就不好过了。"

结果，婆婆越听越生气，于是一个人偷偷搬出去，租了一个小隔间住。当时附近的人没有了解事情的真相，都指责媳妇做得不对，大逆不道。因为媳妇是位小学老师，丈夫家的亲戚还跑到她学校闹过事。

结果她只是轻描淡写地说："我对婆婆问心无愧，也从没有想过赶她出门，这个家永远是她的。"

后来媳妇把婆婆接回家，只是发自肺腑地问了句："妈，不管别人怎么揣测，我平时对你怎么样，你心里还没数吗？"

　　到如今事情已经过去了 8 年，媳妇重新组建了家庭，搬出了房子，其实她当初想带着婆婆一起走，但婆婆执意不肯。

　　于是她就每周都会带着先生和儿子回去看婆婆，经常给婆婆买衣服，带好吃的。放寒暑假，她还把婆婆接到自己的新家住一段时间，很多人说，这比亲女儿还孝顺啊。

　　当初关于她和婆婆之间那些捏造出来的是非和误会，就这样烟消云散，她未做过关于自己人品的任何解释，但时间帮她说明了一切。

　　在生活中，我们难免会遇到别人对我们的曲解，比雄辩更重要的是用事实说话。

　　孔子说：讷于言而敏于行。

　　许多时候，与其去做无谓的辩驳，还不如踏踏实实去做你应该做好的，因为最终你为人如何，不是说出来的，而是做出来的。

3

　　少说话，用行动去证明爱。

　　看余华的《许三观卖血记》，很羡慕许三观对徐玉兰那种朴实、笨拙但足够真挚的爱。

他为了追到她，并没有太多甜言蜜语，而是带着她去胜利饭店，吃一笼包子和一份馄饨，她想吃什么，许三观就给她买什么。

等到吃完以后，许三观发话了，他说，小笼包子两角四分，馄饨九分钱，话梅一角，糖果买了两次共计两角三分，西瓜半个有三斤四两花了一角七分，总共是八角三分钱……你什么时候嫁给我？

也许这些东西，在现在看来，并没有什么稀罕的，但在那个连饭都吃不饱的年代，一个原本很穷的男人愿意带你去高档的地方，吃这么香的东西，就是真爱。

后来他们结婚后，因为特殊的时代背景，有人故意诋毁徐玉兰，于是她被判了一个罪名，就被抓去批斗。

她当时被群众扔小石子，吐唾沫，她的大儿子和二儿子害怕被别人唾弃，都不敢去给她送饭。而三儿子还小，于是许三观就自己去送饭。

他趁街上人少时，偷偷对她说："我把菜藏在米饭下面，现在没有人，你快吃一口菜。"许玉兰用勺子挖下去，发现下面藏了超多的红烧肉。许三观说："这是我偷偷给你做的。儿子们都不知道。"

其实许三观是个粗人，也从未对妻子说过什么甜蜜的话，甚至连爱字都羞于提起，但依旧无法掩饰他对她的好。

有一部电视剧的男主角曾经说："如果一个人说喜欢你，请等到

他对你百般照顾时再相信，如果他答应带你出去旅行，等他订好机票
再开心，如果他说要娶你，等他买好戒指跪在你面前再感动，感情不
是说说而已，我们已经过了耳听爱情的年纪。"

**在感情中，比说我爱你更重要的是，你真的做到了用心地去爱一
个人。**

4
.

学会沉默。

越年长，你越会发现自己想说的越来越少，想要表达的欲望越来
越少，你反而更喜欢去做些实事，因为许多时候，比让别人满意更重
要的是，让自己感到心安。

比说服别人更重要的是，你自己是否行得正，坐得端。

比让别人觉得你很好更有意义的是，你清楚地知道，自己正在做
什么。

谚语说："人平不语，水平不流。"《易经》说吉人寡言。

海明威说："我们用两年学会了说话，却用六十年学会了闭嘴。"

你慢慢会发现，一个人成熟的最大标志，就是少说话，多做事。

有些话，你说了，别人也不一定信。有些话，对于不重要的人，

你没必要说。还有些话，说和没说，没什么区别，说了反而还添堵。

所以学会沉默，把更多心思和精力用在提升自我、强大自我、回归自我上吧。

越是聪明的人，越懂得少说话，多做事！

你的人品，决定你的前途

1

我在老家有两个朋友老王和老张。老王5年前跟老张借了5万块钱，说是做装修生意急用，并承诺两年内还清。老张二话没说，把钱借给了老王。出于信任，也没让他写借条。但两年后，老王只字不提还钱的事，倒是全款买了一辆新车。

老张问他要钱，老王推三阻四。一会儿说有事不在家，一会儿电话又打不通，甚至故意玩消失。最终两家人闹掰了，老张没要回钱，吃了一个哑巴亏。村里人都知道这件事，虽然大家嘴上没说，但是心里都觉得老王不厚道。

又过了两年，村里上百户人家搬迁，都需要装修新房。老王心想，乡亲们一定会找他。可奇怪的是，即便他的报价低了很多，许多村民也不买账。原来，他的坏名声一传十，十传百，没过几年，装修生意就彻底做不下去了。

有时候，一个人或许可以靠不讲信用获取一些暂时的利益，但那绝不是正道。想要站得稳，走得远，笑到最后，还得靠人品做支撑。

2

前些日子我朋友的公司搞竞聘，有个工作能力非常强的男同事落选了。后来男同事得知，他是被总经理撤下来的。总经理对他说：小伙子，既要学会做事，也要学会做人。

后来这个男同事负气辞职，总经理才道出真相。

原来有次这个男同事坐电梯时，一个外卖小哥背着一个很重的外卖包，风尘仆仆地想进来。电梯里是有空间的，只要这个男同事往后退几步就行，但他就是故意不让。一边快速按关门键，一边说："几步路而已，也要坐电梯。"

这件事被总经理知道了，就把他拉入了黑名单。一个学不会尊重别人的人，心性就出了问题。这样的人，谁敢重用？

也许一个人的前途，跟自身的智商、实力和运气等有关，可拼到最后，人品才是最终的把关口。

3
·

曾听一位读者说起，他曾供职的私企因经营不善大规模裁员。当时许多被裁的员工闹情绪，有人故意销毁重要文件，有人把客户的联络方式偷偷拷贝走，还有人四处造谣说老板的坏话。

这位读者丢了工作也不开心。但在最后一个月，他对工作依然没有敷衍了事。在交接工作时，他还把需要特别注意的事项一一罗列出来。

老板被他的所作所为感动，通过熟人把他介绍到另外一家公司工作。这位读者因为踏实肯干，很快就走上了管理岗位，薪水待遇也提高了很多。

人品就是一个人的根基。为人善良、懂得体谅、不去做小人之事，这样的人，会格外得到好运的眷顾、贵人的扶持和机会的偏爱。

4
·

有人说，能力和学历才是好工作的敲门砖，情商和智商才是好职位的守护神。但其实无论在哪行哪业，都不缺高手。前途一片光明的人，一定不是颠倒黑白、动歪脑筋的人，而是那些在同等条件下，人品过关的人。

也许你反应快、人脉广、办法多，但这些也只是你的加分项。为人诚实，待人和善，有底线有原则，不做有损他人的事，这些才是你的必选项。

一个人能力差一点，灵性少一点，实力欠一点，都可以花时间和精力慢慢去补足，人品差却是致命的缺陷。

好人品，是做人的良心，是为人的修养。没有了好人品，其他都免谈。一个人走得远不远、久不久、稳不稳，人品才是最关键的因素。

你对工作的态度，决定你的前途

1

前几天有个前同事问我，为什么她当初在公司待了六年，没有功劳也有苦劳，可领导依旧不肯重用她？

我想了想，意识到了她的问题出在哪里。

有一次周末，领导出差在外，急需一个重要数据，于是立马给这位同事打电话。但电话响了七八声都没人接，领导以为她可能有事，隔了一会儿又打，但连续打了十来个电话都没有回应。直到领导把事情处理完，这个同事才回电话解释说，手机忘在家里了。但晚上领导看朋友圈，才发现她居然给共同好友的朋友圈留言，恰好是在打电话的时候。

不用说领导也知道，她是装没听见。其实，谁都不愿意在休息时间去处理工作上的事。但凡有点常识的人都懂，打了这么多次电话，肯定有急事。在一些特殊情况下，确实需要做出适当的牺牲和舍弃。

许多时候，我们总在问工作给了我们什么，却很少问自己为工作付出了些什么。

2

认识一个朋友，她曾经是一名行政人员，但经过自身的努力成了老板的助理。

论实力和能力，她在公司基本没有竞争优势，业务水平比她高、思维比她敏捷的人比比皆是。但她之所以有这样的好运，跟她的工作态度有莫大的关系。

有一次老板需要一份公司的全年规划，大家都知道做得多错得多的道理，都在推托。只有她主动说自己可以试一试。

她利用下班以后和周末的时间，把规划写好交给老板。其实那是她第一次尝试写全年规划，虽然并不符合要求，但是罗列了要点，老板只需在此基础上修改就好，工作量减少了一大半。

她虽然起点低，但是在一次次挑战和锻炼中，慢慢成了全能型人才，加之态度诚恳积极，领导也更愿意栽培她。

能力和实力，都可以积攒培养。只要肯学、肯干，即便暂时差一点，也可以不断精进。

3
·

最近听说，刘哥又升职了，这是意料之中的事。

刘哥当初在公司也是一名普通的技术人员，他最大的优点就是团队意识特别强。他忙完了自己的工作，还会去当临时帮工。

综合部缺人手，他会去帮忙复印资料、寄送快递；人事部需要做问卷调查、建立档案，他也来搭把手。有一次公司要开一个重要会议，接待人员忙得团团转，他主动申请去帮着端茶倒水、布置会场，并且完全任劳任怨，一点不邀功。

后来他成了公司的"救火队长"，哪儿需要就去哪儿。当时领导并没有特别表扬过他，但从他做事的态度，看到了他作为管理者的潜质和能力。后来在新一轮的竞聘中，就给了他一个机会。

在工作中，但凡想要扎根立足、有所建树，就必须要有主人翁意识，不怕吃亏、不怕辛苦、不怕累。能顾全大局的人，才有资格统筹大局。

4
·

一个人的前途如何，跟许多因素有关，但一个人对工作的态度，很大程度上决定了他能走多远。

一个只计较个人利益的员工没办法成为单位的核心人物。一个能扛起大任、勇于冲锋并且关心集体利益、对待工作兢兢业业的员工，更容易成为单位的顶梁柱。

有位老师曾跟我说过，无论做任何工作，比你优秀的人，可能就是比你更多一分用心：责任心和耐心。

一个人的学历低点、能力差点、反应慢点，都不必担心，因为这些都可以通过不断学习去提升改善。但一个人哪怕再聪明、想法再独特，如果不肯去做、不肯付出，也无济于事。

通常情况下，那些想要把工作干好、有所进步、为单位排忧解难并且付诸行动的人，总是比那些看似条件不错、能力很强、发展空间很大但只管自己、得过且过、只想待在舒适区的人，更值得认可、值得信赖、值得托付。

干净，是一个人最好的品质

记得有一句话这样说：在这个污浊的世界上，能够干干净净度过自己一生的人，是值得钦佩的。

干净，其实是一种由内及外的品质、风度和境界。干净的人，不仅让别人感到赏心悦目，也能让自己活得心安、坦然，有尊严。

1

外表干净。

在跟初次相识、认识不久，或者了解不深的人接触时，我们几乎都是从他的穿着打扮，来初步判断此人的性格、修养和素质的。

通常，我们很难相信，一个穿着邋遢的人，会有多高的文化程度和涵养。但若一个人表面看上去清爽干净，就很容易让人心生好感。

记得杨澜曾在一篇文章里，写过自己的一段经历。

1995 年的冬天，她去找工作，却被拒绝了。

面试官给出的理由，竟然是她的形象和简历不相符，她当时心有不甘，发誓说，一定要用自己的能力，让面试官收回对她的鄙视。

但很可惜，在形象上她都没过关，就更别提有表现自己能力的机会了。

后来有一次，她又因为形象跟房东吵架，然后就披散着头发，在睡衣外裹上大衣，冲出了门。

她进了一家咖啡馆，其实在欧洲许多高级餐厅，衣衫不整会被拒之门外，但可能因为她当时穿了一件价值不菲的大衣，所以才进去了。

在那里她碰到了一个穿着非常讲究的英国老太太，就像伊丽莎白女王一样尊贵与精致。

在她喝咖啡时，旁边的老太太拿了一张便笺写了一行字递给她，上面写着：洗手间在你的左后方拐弯。

她当时特别尴尬，第一次觉得自己不被尊重是应该的。因为她的头发当时被吹得非常乱，鼻子旁边还沾了一点面包屑。

有了这一次教训后，她慢慢知道了穿戴整洁能让别人首先尊重你，同时尽可能把自己打扮得体，这也增加了自己的底气和自信。

其实在生活中，一个人可以不用穿着多么时髦、精致，有品位，但一定要干净、整洁，不留污渍。因为这是对自己的尊重，也是对别人的礼貌。

请记住，别人没有义务透过连你自己都毫不在意的邋遢外表去发

现你优秀的内在，也不可能在你衣冠不整的外貌下，去发现你高贵的气质和涵养。

2
●

圈子干净。

每个人的性情、志趣和品行，其实都跟周围的环境、所认识的人、所经的事有着密切的联系。

通常和你经常在一起的朋友，对你的影响，无论好坏，其实都是极深的。所以你选择一个怎样的圈子，就几乎决定了你会是怎样一个人。

记得黄永玉在《北向之痛》中回忆，"四人帮"横行时，某天通知学部要钱锺书去参加国宴，"是江青同志点名要你去的！"

钱锺书一再拒绝："我很忙，我不去！"通报者只得讨饶："那么，我可不可以说你身体不好，起不来？"

钱立马回应："不！不！不！我身体很好，你看，身体很好！哈！我很忙！我不去，哈！"

从此处，我们可以看出，钱锺书一心钻研学问，非常珍惜时间，但从另一个侧面，也可以看出，他并不想与江青等人为伍，所以果断地拒绝，甚至丝毫不给对方留余地。

这样的做法，也许在现代人看来太过刚烈。但如果委屈自己去和志不同道不合的人走得太近，将会后患无穷。

有一位著名主持人采访了无数名人名士，他的朋友遍布天下，按理说，应该每天都在觥筹交错、呼朋唤友中热闹地度过。

但他几乎每天都宅在家里，可以两周不出门，就连到邻居家吃个饭都会显得极其不自在。

有人曾问他，难道你没有真正的朋友吗？

他说，当然不是，朋友除了交情以外，还有讲究，这个很重要。所谓讲究，你可以理解成品位、才学、投缘、谈吐等。

其实朋友多，并不代表每一个都值得深交。

要找到一个真正和你志趣相投的人，非常不容易。而在交朋友这件事上，宁缺毋滥，永远是最明智的选择。

当一个人的圈子干净了，他也就会慢慢变得平和且安静，会逐渐活得越来越智慧和通透，不会那么浮躁，也不会浪费时间，分散精力在一些无用，甚至对自己有害的社交上。

3

心灵干净。

一个人真正的素养，其实来源于一颗干净的心。也许有的人外表看着很干净，会给人留下很好的第一印象，但如果心灵有太多污垢，做人不够光明、坦荡、磊落，迟早也会有人看穿，从而对你避而远之。

有这样一则故事。

广钦老和尚在承天禅寺，驻山十余年潜修，后来又下山回到寺庙里做事，每日每夜都是坐而不卧，二六时中不倒单，禅定功夫非常高。

有一天，寺庙的执事召集大家开会，说是大殿功德箱里的香火钱被人偷了，大家一定要找出来是谁偷去了，因为这些香火钱可是整个寺庙的日常生活费用啊！丢了香火钱，师父们可能吃饭都成问题了。

大家你一言我一语地猜测，认为大殿里只有广钦老和尚在守着，别人都不会偷，肯定是广钦老和尚监守自盗。

从此，大家都不再搭理广钦老和尚，以为他在山上修行了这么多年，还是没有改掉贪心的毛病。

大家每天都对他翻白眼，不与他为伍，冷落他。有的人甚至要把广钦老和尚赶出寺院。而广钦老和尚毫不在意，淡定自如，从从容容，如沐春风，如闻馨香。每天早起同大家一起做早课，一起用斋饭，一起做事。

过了好几天，寺庙的执事和尚把大家召集到一起，宣布：香火钱并没有被人偷去，这是我和方丈一起出的一个考试题，目的就是想考验一下广钦。

在生活中，我们总会遇到一些被人误解、诬陷的时刻，但此时，

只要你没有做过亏心事，就不必去做过多的解释，也不必去争论，而是让时间和事实去替你说话。

一个内心干净的人，不仅能让自己活得心安，即便暂时得不到澄清，也能从容地过好这一生。

而一个内心肮脏的人，哪怕他们做了坏事暂时没被人发现，也会终日提心吊胆，最终也会让人唾弃和瞧不起。

4

生活原本不复杂，你只需要活得简单、纯粹和干净，就可以感受到美好、快乐，和幸福。

干净，与其说是呈现给别人看的一种外在形式，不如说是一种内在修养的体现。

首先，外表干净，是第一层。人穷一点，没关系，长得丑一点，也没关系，但一定要让自己看起来干净。

其次，圈子干净，是第二层。你跟什么样的人在一起，你就会变成什么样的人。

选择跟积极向上、正能量的人在一起，你才会有更大的进步和提高，反之，则会背道而驰。

最后，心灵干净，是第三层。无论我们做什么，都离不开心田。

如果你是一个善良、正直、厚道的人，这一辈子都会获得踏实和心安。而如果你是专走歪门邪道的人，最终必将受到良心的谴责和惩罚。

就如孟德斯鸠所说："**美必须干干净净，清清白白，在形象上如此，在内心中更是如此。**"

做一个干净之人！

成年人的真相：你不必对谁都一样

有一句话说，在这个世界上，每个人来到你的生命中，都各有其目的和意义。

有的是给你教训，有的是教会你成长，还有的仅仅与你有一面之缘，萍水相逢，擦肩而过。

所以，我们要学会区别对待，而不是都用同样的方式相交。

1

你不必对谁都熟络。

在综艺节目《向往的生活》中，节目组请来了几个流量明星，比如毛不易、李子璇、池子等，来到黄磊的蘑菇屋。

原本作为主人的黄磊，应该以礼相待，表现出该有的热情和周全，他却一个人跑到厨房做饭，没有跟客人有过多的交流。

直到老狼来，黄磊顿时露出了开心的笑，还给老狼一个深深的拥抱，气氛一下子就活跃起来。

PART 2

后来他们聚在一起玩时，黄磊不无感慨地说：他（老狼）一来我就舒服了。因为我跟你们也不熟，我没必要跟不熟的人，费力瞎扯。所以你们进来跟我打招呼的时候，我也没那么热情。

而黄磊的这段话，在网上立马引起了轩然大波。

有人评论道，即便不熟，客套一下有那么难吗。还有人说，前辈就是应该照顾新人啊。甚至有人指责，亏他还是一名老师，居然连这点礼节都不懂。

事实真的是黄磊不懂人情世故吗？

毕竟他在娱乐圈摸爬滚打二十余年，他太清楚，如此做法不仅是任性，还会得罪许多利益相关方。

但他如此做，不过是越来越懂得遵从自己的内心，去跟志趣相投的人惺惺相惜，而不是对不熟络的人强颜欢笑。

在生活中，每个成年人其实都活得特别累。因为我们要时时刻刻保持对所有人该有的体面和客套。

我们生怕让人感到你的怠慢，让人感到你的不乐意，甚至总是口是心非，装作对所有人热情似火。

可到了一定年纪你会明白，与其去讨好别人，去做心不甘的巴结，情不愿的迎合，还不如坦率真实地做自己。

与其委屈自己，去合不想合的群，去说言不由衷的话，还不如只在懂你的人群中散步。毕竟，每个人的时间和精力都有限，你不必把宝贵的生命，耗费在不必要、不重要、不需要的人和事上。

2

好的感情需要界限感。

在一期《爱情保卫战》中，有一对夫妻，因为异性朋友是否可以坐副驾驶这个问题争论不休。

原来，这对夫妻送男方的一个女同事回单位，可是这个女同事居然坐的是副驾驶，而男方的妻子却坐在后座。

对于这个细节，男方觉得无所谓，女方却为此大动肝火。

针对这个矛盾，当时的嘉宾涂磊也表示，男方的做法不太妥当。因为他也曾在自己的一篇文章里，提到过类似的情况。

他曾写道：记得若干年前有一次，我的一位女同事搭我的车，她刚要拉开副驾驶的车门，我说，对不起，请你坐后排。

女同事问，为什么？我说，这个位置是我太太的专属位置，其他的女性坐，离我太近，不习惯。

记得知乎上有个网友曾说，自己是一家大型企业的高管，每次他出差，都会尽量避开跟女同事单独出去。即便无法避免，也会主动跟妻子提起，而不是等她去胡思乱想和猜忌。

他跟妻子结婚十多年，感情一直很好。他妻子从不翻他的手机，也不会试探他，哪怕有人故意离间，妻子也会给他百分百的信任。

其实，大多数时刻，女生在意的根本不是坐在哪里，也不是在意你身边是否有别的女性，而是在意你是否足够重视她，是否在意她，是否心里有她。

因为如果我们真正爱一个人，就不会做出一些会让她伤心、怀疑和难过的事，也不会让她时刻担心、焦虑，找不到安全感。

在感情中，无论男女，都要把握好跟异性相处的距离、界限和尺度。

毕竟不给对方留下怀疑的余地和空间，不仅可以避免许多不必要的误会和矛盾，也表现了你对这份感情最起码的尊重和珍惜，更是一种负责任、守承诺、不逾矩的表现。

3

职场不是用来交朋友的。

在电视剧《人间至味是清欢》中，男主角丁人间被公司降薪。

那时，公司的几个同事都想怂恿丁人间去跟老板较量，这样丁人间涨了工资，他们也跟着受益。

于是有一个人说："老丁，你到咱们公司，得有七八年了吧……我要是你，我就不干了！"

还有一个人说："老丁，只要你挑个头，我们哥几个都跟着你，咱们集体辞职，咱看他怎么办。"

还有几个人也随机应和道："我觉得这事靠谱，咱们都辞职，上面肯定抓瞎。"

丁人间是个实在人，他以为这几个人真把自己当兄弟，于是便去找老板理论，不能再减薪，要么就辞职。

老板听后，大发脾气，这时丁人间立马补充道，大家都想涨薪啊。然后老板立马走出办公室问谁想走，举手。

当时丁人间呆呆地站在老板的身后，用非常可怜、焦灼、迫切的眼神，眼巴巴地望着那几个同事。

可这几个人此时都低着头，沉默不语，这明摆着是让他去当出头鸟，去吃哑巴亏。

最后丁人间这个在公司干了多年的老员工，因为不设防的信任和善良，栽了跟头，一个人打包走人，另谋出路。

其实在职场上，这样令人寒心和失望的事，比比皆是。

你掏心掏肺对待你的同事，可最后你发现，在背后捅你一刀的，恰恰就是这些人。

你为了同事，可以巴心巴肝，冒着危险替他们雪中送炭，可他们却在紧要关头对你落井下石。

记得在《我的前半生》中，有一句台词说，**你来工作是来赚钱的，**

不是来交朋友的，如果能交到朋友那是惊喜，交不到朋友那才是正常的。

我们总以为，同事可以当作真心朋友，可你并不知道，对跟你有利益关系的人而言，如果没有利益冲突，你们还可以当朋友，一旦有利益牵扯，再好的朋友也会变成势不两立的敌人。

4

成年人，你要学会区别对待。

曾经的我们，对待任何人都用相同的热情，相同的态度，相同的真心。

可后来我们慢慢发现，在生活中，并不是所有人都跟你三观一致，兴趣相投，同频共振。

有一句话是"道不同，不相为谋"。

有时你对并不熟悉的人表现出的过度殷勤，既让别人不自在，你自己也会感到别扭。

在感情中，你对异性朋友的态度，一定要拿捏好，该有的分寸，你必须要有。该有的界限，你必须要分清楚。

记得男演员朱亚文在参加《快乐大本营》时，有个游戏环节，需要他把吴昕抱起来。但他刚一听，就跟何炅解释说，对不起，我已婚了。

这一举动，博得了观众的一致好评。因为他并没有用节目需要这个明目张胆的理由，跟别的女孩亲密接触，他的言行反而充分说明了，他的靠谱和对老婆的在乎。

在职场上，要记得，没有永远的朋友，只有永远的利益。

不要毫无保留地跟你的同事袒露你在工作上的任何心声，这样既是保护你自己，不让坏人有机可乘，也是为了维持良好的合作关系，为自己减少不必要的麻烦和问题。

愿你所遇皆是良人，所交皆为知己，所识皆为好人。如果没有，愿你学会，区别对待生命中的过客和路人！

凡事提前五分钟

1

昨天早晨我在家有点事，比平时晚了五分钟出门。刚走到地铁口，就发现已经是人山人海。人实在太多，我等到第二班车来时，才被后面的人推搡着挤了上去。

在车里的那半小时，不仅站不稳，容易东倒西歪，而且因为人都挤在一起，容易被踩脚被撞，被无理取闹的人嘟囔几句也是常有的事。

但在往常，早五分钟出门，情况就大不一样。我可以从容地在线外等候，不用因被人强行插队而感到心里不舒服。我可以上车找个空座坐下来，不慌不忙地拿出书包里的书，进入阅读状态。实在觉得疲倦了，还可以闭目养神，靠在挡板边小憩一会儿。

不得不说，早几分钟和晚几分钟，区别真的很大。

"凡事预则立，不预则废。"生活中，无论做任何事，早些做准备，不仅可以减少许多烦恼和麻烦，还可以更合理有效地利用时间。

总有很多人一边抱怨上班高峰期太挤，一边又不肯早几分钟出发，总把时间抠到最后一秒才动身。于是恶性循环，越来越感到疲惫和心累。

2

有个做 HR（人力资源）的朋友跟我说，通常在一家公司，早到几分钟的员工总比迟到几分钟的员工更优秀。刚开始，我不太认同这个观点。毕竟一个人的能力和水平也不在于这几分钟的表现。但他的解释又让我感到确实有几分道理。

早到几分钟的员工，可以提前梳理当天的安排和任务，做到心中有数有条理，也可以泡好一杯茶，清理一下办公桌，提前进入紧张有序的工作状态。

而晚到几分钟的员工，总处于手忙脚乱中。他们做事情往往缺乏主动性，总是被推着催着赶着走，不仅工作效率低，而且匆忙应付，出错的概率也更大。

在职场上，你的工作态度其实也是工作能力的体现。前者对待工作往往更加积极主动，后者却常有拖延懈怠的情绪。一个人能力欠佳，还可以通过良好的工作态度去弥补。但实力再强，懒散也会让人荒废。

　　有句话说，机会总是留给有准备的人。**那些看似比你优秀的人，可能并没有多厉害，不过是赢在了微小的细节处。**比如凡事比你早一步，日积月累，也就成了你无法企及的高手。

3
·

　　曾有个读者跟我说，他去相亲时，因为在约定的时间内迟了几分钟，结果相亲的那位姑娘对他印象很不好，最后找了一个理由拒绝了他。虽然他一再跟姑娘解释是堵车造成的迟到，但是依旧没有挽回姑娘的心。

　　在我看来，也许是姑娘本来就对他不中意，也许是对迟到很介意。但无论如何，迟到都是欠妥的。原本他可以早一些出门，哪怕遇到堵车，也还有充足的时间。

　　感情中，你的诚意永远大于你的解释。总有人说，仅凭迟到几分钟就轻易给别人下论断，过于片面。可反过来想，你明知要去见一个重要的人，就该提前考虑到可能遇到的问题和麻烦，然后做好相应的准备。

　　大多数时刻，对方在乎的不是多等你几分钟，而是迟到的行为和懈怠的态度。这既表明你做事不够周全，也说明你不够重视。不守时在任何社交场合都会让人感到不愉快，甚至让别人对你产生误解。

4

凡事提前五分钟，本质上是一种未雨绸缪、居安思危的处世方式。

当你觉得赶车很挤，害怕上班打卡会迟到时，你是否想过早几分钟出门，可能就能避开让人压抑的车流高峰期？

当你总担心无法及时完成既定的或突发的工作任务时，你是否想过把事情往前赶一点，就不必为此惴惴不安？

当你害怕错过想要见的人、耽误想要谈的事时，你是否想过提前做准备，多留一些余地就可以避免许多不必要的麻烦？

有人说，零星的时间，如果能敏捷地加以利用，就可成为完整的时间。所谓"积土成山"，是也。

凡事提前五分钟，是一种习惯，能让我们凡事都做好准备，不至于太慌乱；它也是一种心态，能让我们在遇到事情时从容地应对；它更是一种态度，能让别人看到我们的用心和真诚，体现出我们对人对事的尊重和重视。

如果想要优化生活的秩序，更好地把握机会，不妨凡事提前五分钟。

人活着，要多一点"品相"

一直很喜欢木心先生的一句话，他说：**人生在世，需要一点高于柴米油盐的品相。**

也许人在吃不起饭时，温饱成了生活的全部重心和焦点。可是一旦物质上得到了基本的满足，人就会不自觉地变得诗意起来，总是渴望活得更有质感和厚度。

其实人类社会的发展，不仅需要经济、科技和天文知识等的支撑，同时也需要诗歌、音乐和艺术聊以慰藉。前者帮我们便利了人的生存，而后者才真正让人活得更像人。

我曾看过一篇文章写道：1942 年 5 月的一天凌晨，反法西斯战争进入最艰难的时刻，德军的铁蹄踏碎了巴黎人的梦境。在侵略军进城的当天夜里，一个名叫洛希亚的卖花女悄悄起身，开始了一项不起眼的工作。第二天清晨，凯旋门广场周围几乎所有人家都收到了一束玫瑰，里面附着一张字条："明天上街请怀抱鲜花……"

那天早晨，驻扎在香榭丽舍大道的侵略者突然发现，在街上迎接他们的不是"箪食壶浆，以迎王师"的卖国者，也没有挺着脖子高呼口号的抗议者。

在巴黎的街头，德国军人见到了大批手捧鲜花的女子。她们满面笑容，充满了自信与对生活的热爱。那一束束玫瑰，充满了对占领者的嘲弄和不屑。

多少年后，当战争的硝烟不再，当历史的残酷记忆逐渐在我们脑海里褪色，洛希亚这个名字仍然屡屡被人们提起。因为这事，很多人称其为"巴黎的玫瑰"。诗、玫瑰、爱情、信仰、悲悯、公平与正义，以及更多美好的东西，其实是人类共有的价值观念。

你可以肆意蹂躏一块土地，却无法阻止这土地上人们对美好生活的追求；你可以从肉体上消灭一群人，却无法铲除他们对美的信仰与热爱。无论哪个民族，只要生活的勇气与自信还在，就不能说已经被真正地征服。

巴黎这座战败的城市，因为一束束玫瑰花，赢得了应有的尊严。野心家的大炮与钢铁可以摧毁世界上最坚固的工事，却无法将一座城市的信念连根拔起。

其实每个人的内心深处，都有对善、对美、对远方的向往，而许多时候，拯救我们心灵的，往往是那些看起来不值一提，却会在重要时刻，给我们力量和勇气的追求、希望和品相。

　　如果一个人眼里只有金钱、权势和地位，那么他活着其实是很可怜的，因为他的内心，并没有花的芳香，诗的飘逸，音乐的柔软。他只是一个看似强大的外壳，里面空无一物。

　　而如果一个人，即便面临疾风骤雨，也能有心有猛虎，细嗅蔷薇般的觉知，也能感受到贝多芬交响曲里，那最强烈也最温柔的曲调，也能在《安娜·卡列尼娜》中，看懂人性里那最深情也最绝情的一面，那么他自始至终，都会活得饱满和有趣。

　　每个人来到这个世上，除了要生存，更需要生活。也许生存显得很狼狈、寒酸，甚至是可怜，但生活却是那般美好、令人喜悦，让人无比动容。

　　一个人光能填饱肚子是不够的，他还需要一点高于柴米油盐的品相，来对抗普通生活中无法摆脱的琐碎、无聊和庸常。

最高级的修养

也许有很多人并没有看过日本作家川端康成的小说，但几乎很多热爱文学的人，都知道他是日本第一位获得诺贝尔文学奖的作家。

1968 年，他以"敏锐的感受，高超的叙事技巧，表现日本人的精神实质"获诺奖。而我"认识"他，是从那一句"凌晨四点钟，发现海棠花未眠"开始的。

后来我看了他的很多部作品，诸如《伊豆的舞女》《雪国》《千只鹤》《睡美人》《古都》等。

我发现，川端康成的所有作品几乎都离不开爱情。而且文字细腻、温柔，像三月和煦的风，像阳春里映水的柳，让人看后顿感到扑面而来的美感。

尤其我想提到《山音》里，已到暮年的公公信吾，居然在心里爱上了自己的儿媳菊子，虽然两人并没有什么越轨的行为，但是这在现实生活中，绝对不被世人所接受。

但就是这样一个看似荒诞的故事，却被推崇为世界经典名著，还获得了文学界最高级别的大奖。

就如我们如今来看福楼拜的《包法利夫人》，它的情节并不离奇，结构也并没有标新立异，不过是讲了一个已婚妇女不守妇道，最后服毒而亡的故事。

而就是如此平淡的细节，却被一代又一代的国内外读者奉为必读的经典作品。

我越来越发现，好的小说，其实就是在写隐藏在人的内心深处，不易被发觉、不易被接受，但真实存在的人性。

回到《山音》这本书，信吾作为菊子的公公，按理说对儿媳的关心和照顾也实属正常。

但这些看似平常的言行，却让自己的妻子、儿子、女儿生疑。

其中有处细节写到，菊子因丈夫修一在外有情人，所以不愿生孩子，去流了产，然后回到了娘家。结果信吾那几天在家，居然有些魂不守舍。

"爸爸真糊涂啊。妈妈。"房子边擦餐桌边说，"从公司回到家，换衣服的时候，不论是汗衫或是和服，他都将大襟向左前扣，而后系上腰带，站在那里，样子很是滑稽可笑。哪有人这样穿的呢？爸爸恐怕是有生以来头一回这样穿的吧？看来是真糊涂了。"

"儿媳回娘家一两天，爸爸也不至于把和服的大襟向左扣嘛。

亲生女儿回娘家来，不是快半年了吗？"

还有一处细节，信吾和修一走在街上，看到一对男女，当时信吾不由自主地想到，他们是父女关系。原本人家不过是互相不认识的陌生人而已。

"就说菊子吧，她是自由的，是真正自由的嘛。不是士兵，也不是囚犯。"修一以挑战似的口吻将包袱抖搂出来。

"说自己的妻子是自由的，意味着什么呢？难道你对菊子也说这种话吗？"

"由爸爸去对菊子说吧。"

信吾极力忍耐着说："就是说，你要对我说，让你跟菊子离婚吗？"

"不是。"修一也压低了嗓门儿，"我只是提到在横滨下车的那个女子是自由的……那个女子同菊子的年龄相仿，所以爸爸才觉得那两个人很像是父女，不是吗？"

"什么？"信吾遭此突然袭击，呆然若失了。

其实在我看来，信吾对菊子的这份喜欢，一方面是作为一个面临死亡的老人，对青春的一种祭奠、回忆和不舍；另一方面也说明了，人与人之间，在本质上不分年龄，不论关系，其实都存在美的吸引。

但**克制和理性，却是作为人最高级的素质和修养**。我们无法干涉爱，因为你喜欢一个人，无论她是谁，也无论你是谁，更无论该不该，首先这个喜欢，这份爱，是出于本能，根本无关对错。

哪怕再恩爱的夫妻，当丈夫看到美女子时，也会有惊鸿一瞥的感觉。而当妻子看到帅男子时，也会心生摇曳。

重要的不是不允许你爱的人看风景，而是当他看了无数风景以后，依旧跟你在一起，柴米油盐，细水长流，良辰美景，如此而已。

我并没有觉得，信吾对菊子这份放在心底的特殊的爱有任何不妥，毕竟他们之间并没有发生什么，也不会发生什么。甚至可以说，他们之间，剔除了儿媳与公公的关系，更是灵魂层面上的知己。

爱一个人并不奇怪，也不丢脸，更不是什么见不得人的事，但并不是所有喜欢都要言明，都要让它变质，都要有个清晰的结果和对错。

做一个理智、客观、清醒的人，学会认识人性，克制人性，但不要去放纵人性。如果能做到这一点，人就会在情感这件事上，少许多烦恼和不如意。

感恩，沉默，拒绝

1

感恩。

我的第四本书出版时，我写了一篇文章，投给了某个阅读量千万级的官方微信号，过稿以后，我问编辑，能否在作者简介处，带上书名？

编辑告诉我，没问题。可是没过几天，这篇稿子虽然出现在了这个平台上，但是他们忘了带上我的书名。

其实当时我内心还是有些小失望。毕竟上稿一次不容易。我冷静下来以后，给编辑发了一条信息，感谢她的推荐。我丝毫没有提她忘了帮我带上书名这件事，结果第二天，她突然发现了这个问题，跟我说对不起。

我回复：没关系，下次如果我的文章质量过关时，再带上书名也是一样的，编辑发来微笑的表情。

我们总在说，做人要学会感恩。但**真正的感恩，不是非要别人帮你很大的忙，或者能如你所愿，帮你做成了某件大事，而是别人为你付出了努力，哪怕它们看起来微不足道，哪怕最后结果不如你所愿，也值得你虔诚地去说一声谢谢。**

大多数时刻，我们因为太挑剔，太自私，而忘了许多应该去表达，但认为不值得表达的那一份谢意。

2

沉默。

前几天，有个所谓的前辈给我发来信息，批评我说，你年纪轻轻，就整天在人民日报公众号发表文章，去教导别人。

当时我一看，特别不服气。因为我写的文章都是自己的所感所悟，更多的是为了自我反省，并没有要指正谁的意思。

而且，虽然我的文章经常出现在人民日报的《夜读》栏目，但不代表这是一件特别轻松的事。因为这一切看似不费吹灰之力得到的成绩，都是我付出了无数艰辛的努力才争取来的。

但最后，我保持了沉默。没有去做解释，也没有反驳。因为我知道，**对质疑最大的回应，并不是靠你的嘴巴去做大声的辩驳，也不是老把这件事放在心上，耿耿于怀，而是需要你沉下心来，用实力去为自己做最好的证明。**

当然做到这一步，其实是很难的。毕竟被人冤枉的感觉很不好受。但人就是要不断地学会反思，才能有所进步和成长，越是委屈处，也越能磨砺一个人的品格和气度。

3

拒绝。

我的新书出版后，图书公司要求我配合拍一些图书视频，或者请一些知名的作者帮忙做宣传。

其实这些要求也并非不合理。

但我在签署著作权合同时，就明确表示，版税可以少，我唯一的要求，就是尽量不要让我去做不想做的宣传。

第一，是从节约时间上考虑。第二，也是希望更好地沉淀下来，去做更有意义的事。

但不可避免的事还是发生了。毕竟图书要面向市场，就需要一定的宣传。

我的编辑找到我时，我明确告诉他，这些活动我拒绝参加。后来图书公司的总编找到我，我也果断地拒绝了。

曾经的我，觉得这样的做法太过任性。可是后来我渐渐地发现，这样的方式**虽然在拒绝的那一刻，有些得罪人，但是至少我的态度鲜**

明，没给对方期望，自然他们就不会失望，更不会有太多的心理落差，同时我也坦荡地做了我自己，不用违背自己的原则和态度，去做不必要的妥协和让步。

　　许多时候，拒绝是一件需要快刀斩乱麻的事。越是拖泥带水，越是勉强迎合，越像一把钝刀子割肉，让人感到加倍的难受和痛苦。

我偏要勉强

在《倚天屠龙记》里，张无忌与周芷若大婚，赵敏孤身一人，不带任何兵马去抢亲。

厅堂上是正派和明教熙熙攘攘的一大堆人，原本他们都对赵敏有敌意，而且局面也很尴尬，甚至充满了煞气。

明教的光明右使范遥曾在汝阳王府卧底十几年，受过赵敏的恩惠，怕她把婚庆大事搞得尴尬狼狈、满堂不欢，便给她一个台阶下。

> 范遥眉头一皱，说道："郡主，世上不如意事十居八九，既已如此，也是勉强不来了。"
> 赵敏道："我偏要勉强。"

这五个字，透露出的倔强、坚决和狠劲，也许是所有人在青春年少时，无论是面对爱情，还是面对人生选择时的真实写照。

可是等谈过一场死去活来的恋爱，等彻底伤透了一次心，等真正尝到了欺骗和背叛的滋味后，想要勉强的心也有。比如在无数个午夜梦回时分，也想过挽回不爱你的人，挽回早已逝去的感情，又或者挽回那一段一去不复返的回忆和曾经。可直到最后，现实逼你不得不放下，不得不忘记，逼你强行斩断不该有的藕断丝连和不切实际的妄想。

偏要，很可爱，勉强，也很可爱。可是这一切可爱，都不再属于早已饱经风霜、历经世事、担子沉、责任重、压力大的中年人。

许多时刻，我们喜欢赵敏，不是因为这个角色有多大的魅力，而是在这个角色身上，我们看到了曾经的自己。仿佛透过她，我们就可以再次回到那烂漫、天真、无忧无虑的少年时代，以及看见那个在光阴里隐隐约约、闪闪烁烁、明明灭灭出现过的朱砂痣、明月光、心上人。

人随着年纪的增长，就学会了不断跟自己和解和妥协，会把曾经的桀骜不驯、孤注一掷、不知天高地厚，慢慢地转为各种平衡、体面和周全。

《倚天屠龙记》里有个细节描写，少林寺举办屠狮大会，为救义父金毛狮王谢逊，张无忌希望能与练成九阴白骨爪的周芷若联手，或许九阴九阳能战胜渡难渡厄渡劫的金刚伏魔圈，便深夜去找她。

周芷若冷笑道："咱们从前曾有婚姻之约，我丈夫此刻却是命在垂危，加之今日我没伤你性命，旁人定然说我对你旧情犹存。若再邀你相助，天下英雄人人要骂我不知廉耻、水性杨花。"

张无忌急道："咱们只须问心无愧，旁人言语，理他作甚？"

周芷若道："倘若我问心有愧呢？"

好一句问心有愧，简直道出了无数人的心酸、无奈和不得已。

其实非要较真，能有几个成年人在感情的路上，最终可以跟自己心爱的人过上幸福的生活，然后活成自己想要的样子？

大多数时刻，我们或受命运的安排，或因缘分的注定，抑或是经时机的撮合。

总之，有的人曾跟你完全不在一条水平线，可最后就是莫名其妙地来到你的生命中，然后成为你身边朝夕相处的伴侣。

而有的人，即便曾跟你惺惺相惜，最后也会因为各种偶然和巧合，毫无征兆又已成必然地离开了你，从此以后不复相见。

所以更多时候，虽然你的日子过得平静无波澜，但是内心还是有翻江倒海的汹涌和澎湃，如果不提及，或许还以为一切都会过去，一切也都会忘记，可当深埋在心中的情绪重现时，你或许可以刻意回避，但你很难做到坦然地去面对。

从偏要勉强，再到问心有愧，这是一个漫长的过程，也可以说，是一个人从幼稚走向成熟，从青春走向中年，从鲁莽走向稳重的里程碑，又或者是必经之路。

我们都曾有幸经历过偏要勉强的懵懂时刻，也不幸地落入问心有愧的尴尬瞬间，但无论最终我们选择了哪一条路，只要你曾热烈地、丰盛地、恳切地为自己活过那么一次，就足矣。

梦想的指引

　　几年前曾有一次，我心情特别不好，很想哭，原本已经准备好了纸巾，想让自己发泄一下情绪。可立马想到，当天的文章还没有写。于是我把泪水憋了回去，想着等把文章写了，再来哭吧。两个小时以后，文章倒是写好了，但我居然忘了哭。

　　去年有一次，工作特别忙，几乎连吃饭的时间都没有，晚上 11 点左右，我回到酒店，原本是想洗个澡，然后睡觉的。

　　当然在这期间，我也不断跟自己解释，我真是因为忙，不是偷懒，所以不得不停更一天。

　　结果却是我拿起手机，写下了 1000 多字的随感，然后，没洗漱，没洗澡，连衬衣也没换，就这样倒头大睡。

　　那是我第一次发现自己变得如此邋遢。但那一晚我睡得很踏实。我相信，如果我那一晚停更，将会彻夜难眠。

　　前几天中午，我到楼下吃了一碗牛肉面，但我刚吃了一口，就发现牛肉变质了。然后我立马感到特别难受，说不出的滋味，站也不是，坐也不是，十分痛苦。

我硬撑着上完了下午的班，又硬撑着将车开回了家，刚回家我就有气无力地准备去睡一觉，连饭也没吃一口，水都没碰过一下。

原本，我打算直接睡到第二天清晨 5 点起，可是半个小时后，我还是起床了，然后到书房打开电脑，在极度不舒适的情况下，写下了当天的文章。

有时我怀疑自己自从爱上了读书和写作，就有了严重的强迫症。也许在外人看来，我近乎走火入魔。也许有的人会以为我可能功利心太重，太想要表现自己了。

其实都不是。真正能唤醒一个人的，从来都不是外力，而是你自己的内心，以及你内心深处装着的梦想和信念。是它们让你心甘情愿折磨自己，然后去当一个苦行僧；是它们让你再苦再累，也舍不得放弃你真正喜欢做的事；也是它们，让你像一个虔诚的教徒一般，无论何时何地，遇到何种困难，都要供养心中存有的真理和希望。

但有时反过来想，梦想又给了我们什么呢？其实，真正的梦想，有时根本不是拿来实现的，它仅仅是激励和勉励你不断上进、不断求知、不断变得更好的一个指引。

也许你在追寻它的过程中，会感到很苦、很难，甚至偶尔也心生退意，但无论你的情绪如何糟糕，你的行动已经说明了一切。你没办法舍弃它，就如你必须依靠呼吸才能生存一样。

一旦你达到了这个境界，就相当于给自己的肩上扛了沉重的十字架，也许平日里你背着它很辛苦，甚至它的存在完全无用，只是徒增你的负担。

但在你的人生陷入低谷时，当你遇到重大的难题时，当你感到十分绝望，不知道如何是好时，**它就会像一个隐形的保护罩，护佑你尽量不受干扰和打击，尽量减轻你的烦恼和痛苦。因为你一旦走进它的世界，然后专注其中，就是给自己构筑了一个随身携带的庇护所。在那里你永远都有一个诗意的世界，它会给你提供一个无形的缓冲，让你不至于直面生活给予的暴击，让你始终相信，人间虽苦，但至少你还可以以梦为马，仗剑天涯！**

真正的纯友谊

总是有读者问我说，在这个世上，异性之间存在纯友谊吗？

我的回答通常是，有，但极少。如果修为和智慧不够，就很难到这样的境界，也极难把握好其中的尺度和分寸。

民国才女林徽因就是其中最好的例子。想当初，大哲学家金岳霖先生为了她终身不娶，两个人之间的友谊，一直被传为佳话。

林徽因曾经跟丈夫梁思成说："我苦恼极了，因为我同时爱上了两个人，不知道怎么办才好。"

而梁思成的回答却是："你是自由的，如果你选择了老金，我祝愿你们永远幸福。"后来林徽因又把这话告诉了金岳霖。

金岳霖想了想，坦率地说："看来思成是真正爱你的，我不能伤害一个真正爱你的人，我应该退出。"

林徽因逝世之后，有一天金岳霖把五湖四海的朋友邀约到北京饭店吃饭，没有说明原因。

所有人都感到惊奇，但大家还是纷纷到来。饭局开始，金岳霖说了一句话，令所有人潸然泪下：今天是徽因的生日。

她就是去了另一个世界，金岳霖依然无法忘记她。在《林徽因的诗集》出版时，编辑曾去拜访过金岳霖，当他看到编辑手里一张 32 开大的林徽因的照片时，竟然孩子气地问能不能给他，那时他已 88 岁高龄。当编辑说明来意，请他作序时，他好半天才一字一顿地说：我所有的话，都应该同她自己说，我不能说。我没有机会同她自己说的话，我不愿说……

我很难说，金岳霖对林徽因没有爱慕之情，毕竟爱是藏不住的，即便嘴上没说，也早就从无数细枝末节中溢了出来。

在林徽因嫁给了梁思成后，金岳霖不仅把家搬到她的隔壁，还时常到"太太的客厅"去找她，到她家玩，甚至当他们吵架的和事佬。

这种种不符合常理和逻辑的事情，不仅没被后人诟病，反而让人敬佩不已。

而作为林徽因的丈夫，梁思成从始至终并没有觉得金岳霖的做法有何不妥，反而打心底承认，最爱林徽因的人是金岳霖。

其实这一切都源于两个人之间的发乎情，止乎礼，源于他们的克制和理性，也源于他们对彼此发自内心的尊重和珍惜。

还记得奥黛丽·赫本和纪梵希之间的友谊吗？

PART 2

大家都知道纪梵希是高端奢侈品牌，是以创始人纪梵希先生的姓氏命名的，而赫本更是尽人皆知的大美人。

他们两人相识时，他 26 岁，她 24 岁，此后 40 年，他将她视为自己此生至爱，但两个人却一直以朋友的身份相处。

当时她为电影《龙凤配》挑选衣服，而选中的服装正好是当时还不算很出名的纪梵希先生设计的。

纪梵希曾说，赫本的美丽，是我旗下任何一个模特都无法比拟的，是她让我看到了服装的生命力。

而赫本却说，有一些人是我深深爱过的，纪梵希是我所认识的人里面最正直的一个。这两个人，可以说是彼此成就。

因为有了赫本，纪梵希的服装才得以被全世界熟知，尤其是在《蒂凡尼的早餐》中，纪梵希为赫本设计的小黑裙经久不衰，流行至今。

而也因为有了纪梵希的设计，才让赫本的美如此无可替代，又无法模仿和超越。甚至赫本结婚时的婚纱，也是纪梵希帮忙设计的。两个人一直保持着这份难得的友谊，从未越界。

而赫本的另一个重要的异性朋友，电影《罗马假日》的男主角派克，当时两人做搭档时，就已经形成了相当的默契和友谊，甚至互生了情愫。

但那时的派克已经结婚了，这段藏在彼此心中的感情，也就无疾而终了。后来赫本在瑞士嫁给了派克的好友梅厄时，远在美国的派克也去参加了他们的婚礼，甚至还带了一份礼物，一枚蝴蝶胸针，这枚胸针从第一天戴在赫本的胸前就再没有离开过她。

后来 64 岁的赫本与世长辞，77 岁的派克不顾身体的不适和长途跋涉，又从美国赶往瑞士，去送她最后一程。他摸着她的棺材，深情地说了一句话：你是我此生最爱的女人。

在赫本离世之后的一次义卖活动中，派克将那枚蝴蝶胸针买回，并在拍卖会后的第 49 天，也闭上了眼睛，那时他手里握着的正是那枚蝴蝶胸针。

也许这样美好的经历，听起来特别浪漫，但能真正恪守这份异性友谊的界限和尺度的人，却寥寥无几。

暂且不论你是否有这样的机遇和好运，遇到如此良缘，光是经营这份特殊的情感所需要的修养、境界和格局，许多人都是望尘莫及的。

其实异性之间，但凡有友谊，就一定有诸如心疼、保护、爱的成分在里面。这一点，是毋庸置疑的。

很多人都矢口否认，仿佛承认了你有异性朋友，就代表你对他别有用心，对已拥有的感情不忠贞。其实就如《一代宗师》里说的，喜欢人又不犯法。也如作家周国平曾说的，这个世上，所有的爱，都没有错。

你能说你爱上一个人是错吗？这是由你的心灵不由自主生发出的

一种美好感情。我们平时所说爱错了人，其实只能说，你的爱，不在对的时间、对的境遇、对的人生阶段而已。

对人有了感情，并不可怕。因为这个东西是你无法控制，也无法掐灭的，作为成年人，都应该有这样的认识和觉悟。

但这并不是说，任何好感、喜欢和爱，都必须要以在一起为最终结局。异性之间真正的友谊，不是我当备胎，不是乘虚而入，也不是当对方的牺牲者。而是彼此能够维持一种较为体面、和谐且适度的平衡，真正希望对方过得幸福。即便是你们两个人独处时，也能做到心底的坦荡，行为的清白，这才是它的本质意义和目的。

很多人之所以做不到，就是因为太执着，喜欢的东西，非要得到，而不懂得发乎情，止乎礼的道理。

而真正的纯友谊，只会存在于两个高尚的灵魂之间。他们互相欣赏，互相扶持，却不会越雷池一步。这很难，极不容易做到。

PART 3

不知迷茫为何物

你的所有遇见，皆为最好的安排

1

无论你遇见谁，他都是对的人。

总有人说，要是生命中不遇到谁就好了。

至少不会走这么多弯路，不会浪费这么多时间，也不会因此而掉不应该掉的眼泪，伤不应该伤的心。

可是亲爱的，你是否想过，即便你不在这段感情中失落，也会在下段感情中错过。

倒不是说，你不该遇到对的那个人，而是感情里的痛，你迟早都要尝。感情里的债，你迟早都要还。

人的一生，虽然会遇到很多人，但是并不是每个人都能在你的生活中留下深刻的痕迹和印记。只要他来了，就会给你带来一点什么。

要么是教会你爱，要么是教会你成长，要么就是教会你放弃。总

之，在你生命中出现的每一个人，都是来度你的。

而我们苦苦追寻的"对"，不过就是在删繁就简、去伪存真、剔除糟粕以后的一种择优选择。

如果在此之前，你没有遇到所谓"错"的人给你的打磨，给你的历练，给你的智慧，就难以用最佳的心态和状态，去迎接生命中那个对的人。

其实相遇，原本就是一场缘分。

无论是萍水相逢，还是相识已久，无论是匆匆过客，还是陌生路人，总之，遇见了，就应该感恩，就应该珍惜，就应该坦然地去接受和面对。

2

无论会发生什么事，都是唯一会发生的事。

你是否曾抱怨过，在自己身上发生了太多不想发生的事？

甚至你还时常想不通，为什么这些事就恰恰被你，而不是被别人遇到。

你可能觉得，自己是这个世上运气最差的人。

可你并不知道的是，该你遇到的，你逃不掉。不该你遇到的，你怎么也求不来。

PART 3

　　不知你是否发现，在你身上发生的事，即便换一个时间，换一个地点，换一种情景，其实也还是会遇到。

　　因为每一件事，也许它们产生的现象不一样，出现的状况不一样，原本的实质也不一样，但它们都会让你从其中领悟、体会和收获到什么。

　　而无论是好还是坏，其实你只要换个角度想，都会对你有裨益。

　　每个人的人生旅途中，都会有挫折、困难和麻烦，你藏不了，躲不过，更推不掉。

　　同时，你也会发现，相同的事很难发生在两个不同的人身上。

　　也许你所碰到的坏事，于别人而言，一定不会遇到。但别人遇到的糟心事，于你而言，也根本没有发生的可能。

　　重要的从来不是去问该不该发生这些事，而是让自己在这个过程中有所提高，有所进步，有所成长，这才是聪明人该有的格局、眼界和智慧。

3
·

　　不管事情开始于哪个时刻，都是对的时刻。

　　我们时常在遇到不开心的事时，会想着要是当初早一步，或者要是当初晚一步，就会有不一样的结局。

可你是否想过，时一变，机一变，境与况就会全变。

你根本无法预知接下来会发生什么，也无法掌握事情发生的始末。

你唯一可以做的，就是专注在每个当下，兵来将挡，水来土掩，随时做好充分准备。

这个世上，该你遇到的人，它来的时刻，就是对的时刻；该你遇到的事，它发生的那一刻，也都是对的时刻。

无论在你看来它们是否来得不是时候，总之，来了的，都是合理的，没有所谓的早晚和对错之分。

退一万步说，你早一点遇到，可能并不是一件好事。

因为在你还没有完全准备好时，容易与好运和好缘失之交臂，从而白白浪费大好时机。

你晚一点遇到，也并不见得是坏事。

因为你总要知道，是你的，就是你的，绝不会因为你的姗姗来迟，离你而去。不是你的，就不是你的，即便你来的时间刚刚好，也终将会遗憾错过。

其实，任何事情都有两面性。这个世上也不存在完全对的事。但如果你以从容淡定的心态，去应对随时随地可能发生的一切，最终也能扭转乾坤，将错的时间转换为对的结果。

4

世间遇见，皆为注定。

每个人来到这个世上，都有各自的方向、目的和归宿。没有白来的这一遭，也没有毫无意义的经历和遭遇。

就如佛说，**没有无缘无故的因，也没有无缘无故的果，一切都是注定的因果。**

但凡你所遇到的人，其实都是你此生必然要遇到的。

但凡你所遇到的事，其实都是你人生中独一无二的存在。

但凡这一切发生的那一刻，其实就是它们应该开始的时间。

所以不必沮丧，不必惆怅，更不必懊悔，你要学会善待你所遇见的每一个人。即便他们使你难过，让你痛苦，但正是他们让你懂得了，什么才是真正适合自己的人。

你要学会感恩所遇到的每一件事，虽然你可能在这过程中承受了无数委屈、心酸和艰辛，但是若不是它们给予你的淬炼，你也难以打磨出如此强大的自己。

你要学会从容地去接受随时可能离开的人、随时可能降临的意外，以及随时可能遭受的伤害。因为正是这些突如其来的瞬间，让你体会到了世间的百态、生命的无常和活着的珍贵。

我们总以为，人生会有很多种选择。

所以我们总是会设想，如果当初换一个人爱，换一条路走，换一种方式过，是否就能活得更加轻松一点，自在一点，快乐一点。

可是等你到了一定年纪，终将明白，人生实苦。每个人都有自己的苦衷、无奈和难处，没有一个人活得更容易些。

每个人也有自己无法逾越的性格、习惯和缺陷，无论他看起来多么完美和圆满。

每个人也有这一生都需要去参透的道理、去承受的压力，以及去寻找的自己。

所以你遇到什么，都是注定，也是缘分，更是宿命。

你要用更积极、乐观、向上的心态去迎接它，而非用自暴自弃的态度去排斥它。

如此，无论你曾经遭遇了什么，也无论你现在正经历什么，更无论你未来会遇到什么，都会活得更加踏实、心安和笃定！

余生请和正能量的人在一起

1

上个月，我表妹跟我说，她最近状态不好，一上班就感觉整个人没精神，很疲倦，甚至什么也不想干。

其实我也感到奇怪，因为这段时间她既没像以前那样熬夜加班，也没多重的任务指标，按理说应该感到轻松才对。

跟她深聊以后，我终于知道了其中的缘由。

原来她最近调整了部门，虽然工作量不大，但是新的领导很不好相处，动不动就发脾气，无论她的工作做得多好，他也从来都是板着一张快要下暴雨的脸。

而新同事的性格也很暴躁，格局很小，喜欢斤斤计较，办公室里的钩心斗角、笑里藏刀、虚情假意，让人感到很压抑。

记得曾经的阿里巴巴执行副总裁卫哲在刚进公司的时候说："这

恐怕是中国笑脸最多的一个公司，而且执行力超强，但我也不知道为什么！"

美国通用汽车公司最大的股东罗斯·佩罗曾经这样问："当你视察公司时，你看到员工笑吗？"因为他一直认为，微笑和汽车的质量有一种直接的联系。

我们总在说，工作让你感到心累。

其实真正让你累的，从来不是繁重的工作，而是让你时刻感到警惕，生怕说错话、做错事、得罪人的紧张易碎的人际关系。

毕竟职场上的坑，总是藏在你看不见的地方，稍不注意，你就容易犯大忌。

其实在工作中，一个令人愉快的氛围非常重要。

如果你的同事和领导都是冷漠、狭隘、缺乏信任的人，就会造成不必要的内耗。因为情绪不佳时，人做事的效率和效果将会大打折扣。

反之，如果他们朝气蓬勃，充满活力，团结友爱，就会增加团队的凝聚力，激发你的创造力和潜力。因为情绪良好时，人的思维更开阔，做事更积极，也更容易事半功倍。

2

我有个朋友，最近搬了家，她邀请我一定要去看看，据说那里比她原来住的地方更宜居。

可是我去了以后，却大失所望。

因为这里的交通并不方便，绿化面积更是小了一大半，房子周围的配套设施也不健全。整体还不如当初她住的地方好。

朋友看出了我的疑虑，然后对我说，其实这个地方有个隐形的优点。

比如她曾经租住的公寓各种安保设置非常完备，小区面积也足够大。

出门就是地铁，打车也很快。小区周围大型商场、超市和菜市场一应俱全。

但最大的缺点就是，那里的人很冷漠。

而且许多人一回家，砰的一声就关了门，她连跟他们说话的机会也没有。

即便在门口、路上、电梯里碰到，哪怕她主动去打招呼，他们也是皮笑肉不笑，极度机械，毫无表情，非常生硬地应和她一声。

而如今的新家，虽然看起来硬件设施要差点，但是她心情特别愉快。

比如每天一出门，门卫老大爷就会笑呵呵地提醒她，上班注意安全。

她下班回去，还没走到门口，他就特别亲切自然地跟她说，回来啦。

而小区里的业主都很随和，也很好相处。

同一个单元，同一个楼层的，见面时经常问好，打招呼，和她唠唠嗑。甚至有了好吃的还会敲门，专程给她送点来尝尝鲜。

哪怕不熟悉的人，在小区里见到她时，也会对她轻轻地微笑，哪怕不言不语，也让她感到如沐春风般的美好。

在生活中，你和什么人住，真的很重要。

并不是住在豪华的高档公寓，就一定让你有更深的幸福感，住在破旧的小平房里，就一定过得不开心。

而是跟你同住在一个地方的人，他们是否和你建立起一种良好的居家氛围，让你拥有和亲朋好友在一起的温馨和愉快感受。

3

认识一个熟人，她在前两年，主动提出和她那个长得很帅，拿着高薪的丈夫离了婚。如今她又嫁给了一个各方面都很普通的男人。

原来她跟前夫在一起时，虽然生活富裕，但是过得很不快乐。

平日里，他的性格很霸道，两个人一闹矛盾，他就一直冷战，从不服输，也不懂得哄哄她。

那时她虽然没有向任何人诉苦，但是脸上写满了委屈、无奈和忧郁。这是用多少金钱和脂粉都无法掩饰的。

而跟现任在一起，他总是想方设法地逗她乐，惹她笑，尽力去驱逐她身上的不开心。

即便两个人意见不合，有分歧，有矛盾，他也总是那个先认错、示好、给台阶下的人。

街坊邻居们都觉得，如今的她越来越美了。

有这样一则寓言。

从前有一个国王，他有三个漂亮可爱的女儿，每一个女儿出生时都有神奇的魔法。当她们不开心哭泣的时候，流下的眼泪会变成价值连城的钻石。后来大女儿嫁给了一个王子，王子靠着大女儿流下的眼泪变成的钻石，给她修建了世界上最美丽的城堡。

二女儿嫁给了一个富豪，富豪靠着二女儿流下的眼泪，给她购买了数不尽的珠宝首饰。

小女儿嫁给了一个牧羊人，虽然没有城堡和珠宝，但是过得很开心，从来没有受过委屈，流过泪。

老国王很是不解，对牧羊人说道："你只要让她流下一滴眼泪，就可以过上荣华富贵的生活，为什么不这样做呢？"

牧羊人说道："因为我当初在她耳边承诺，即使你的眼泪可以变成价值连城的钻石，我也不会让你难过哭泣。"

在感情中，一个人若真爱你，才会没有理由地心疼你，不设前提地对你宽容。他们懂你心思，知你冷暖，想要你快乐，所以哪怕自己再辛苦，也舍不得让你伤心，害怕你难过，也不会跟你计较。

4.

你所遇到的人，他们是乐观还是消极，是友善还是刻薄，是快乐还是郁闷，对你的工作、生活，甚至情感，都至关重要。

在职场上，一个愉快的工作氛围，对员工、对领导、对整个团队都有百利而无一害。反之，越紧绷，就越糟糕。

想一想，人的一生，有大部分时间都在工作中度过。如果整天对着一张张黑脸，该是多么无趣和无聊。

在生活中，多跟能让你快乐的人在一起。他们脸上的笑容和乐观的心态，会或多或少地传染给你，让你的幸福感随之上升。

曾看到一个故事，美国加利福尼亚州一个六岁的小女孩，在偶然的机会中，遇到了一个陌生路人，路人给了她 4 万美元。当时许多记者都想知道究竟。而那个女孩露出甜美的笑容说，我什么也没做，就是在那一天，我刚好在外面玩，在路上碰到那个人，当时我就对他笑了笑。他居然说：你天使般的笑容，化解了我多年的苦闷。于是就突然往我包里塞了很多钱。

在感情中，一个会让你快乐的人，一定对你有足够的体贴、疼爱和深情。

就如鲁豫曾问李安，现阶段你最大的幸福是什么？他的回答是，我太太能够对我笑一下，我就放松一点，我就会感觉很幸福。

每个人的一生，都充满了各种痛苦和不如意。也许我们无法选择自己的遭遇和命运，但余生请尽量和让你快乐的人在一起，唯有如此，才会减少你的心累、疲惫和崩溃！

你的心态，决定你的状态

1

看过这样一则故事。

古时候，有一对兄弟，哥哥在家务农，弟弟在外做生意。这天，弟弟生意受挫，回到家中。连续好多天，弟弟独坐房内，郁闷不语。哥哥看着并不言语。这天，哥哥微笑着和弟弟走出家门，来到山中。门外是一片大好的春光。

放眼望去，天地之间弥漫着清新的空气，半绿的草芽，斜飞的小鸟……

弟弟深深地吸了一口气，见哥哥正安静地坐在山坡上。弟弟有些纳闷，不知哥哥葫芦里卖的是什么药。

过了一个上午，哥哥才起身，带着弟弟回到了家中。还没进门，哥哥突然跨前一步，轻掩木门，把弟弟关在门外。

弟弟不明白哥哥的意思，只是独坐于门前，纳闷不语。很快天色就暗了下来，雾气朦胧，周围的山冈、树林、小溪、鸟语和水声都变得不明朗起来。

这时，哥哥在门里面叫弟弟的名字。

哥哥问："外边怎么样？"

"全黑了。"

"还有什么吗？"

"什么也没有了。"

"不，"哥哥说，"外面的清风、绿野、花草、小溪……一切都在。"

弟弟猛然醒悟，顿时明白了哥哥的苦心。

许多时候，我们总是会因为一时的境遇不顺，而心生烦恼和忧愁，甚至变得万分沮丧和悲观。

但我们却忘了，人生中有很多重要的东西，比如，美好的当下，珍贵的光阴，曼妙的青春，等等。

它们并不因外在的输与赢，得与失，成与败而消失不见。但大多数时候，我们因为太过执着和计较，忽略了它们的存在。

2

大概每个人都有事业不顺，生活遇难，或者情感受挫的时刻。

那会儿的你，可能感到灰心丧气，感到天昏地暗，甚至感到人生从此无望。

但如果你愿意从糟糕的情绪中跳脱出来，就会发现，一时一事的境遇，并不能决定你整个人生的走向。

也许你曾因跌落谷底和处在瓶颈期而变得郁郁寡欢，但你千万不要忘了，自己同时还拥有触底反弹的能力和机会。

也许你会因为受到的打击和挫折而变得一蹶不振，但你千万记得，那些打不倒你的，可以让你变得更强大。

也许你会因为被抛弃和背叛的经历，而变得颓废不堪，但正是因为错的人离开，对的人才会慢慢向你靠近和走来。

如果你的眼睛里只看到失败、痛苦和磨难，那么你将永远失去改变命运的机会，也永远无法获得新生和希望。

如果你把格局放大，看到失败带给你的机遇，看到痛苦带给你的历练，看到磨难带给你的成长，就会变得更加成熟和完善。

许多时候，我们因为驻足停留在伤心、痛苦和悲观的情绪中太久，而忘记了还有许多变好的可能和机会。

3

大多数人总会把时间和精力耗费在不重要的人和事上。

比如他们总是把焦点放在无法改变的困境和遭遇上，而不是试图去扭转，去弥补，去创造自己想要的结果。

比如他们也总是会因小失大，因为一些不愉快的过往和经历就丧失了过好生活的所有动力和勇气。

其实生活中你遇到的坎，遭到的劫，碰到的难，并不是真正为了击败你，而是要让你在此中历事炼心，增长智慧，提高修养，然后在此后的人生中少走弯路，少犯错，少碰壁。也是要让你在各种悲欢离合、悲喜交加、酸甜苦辣中，去认识、了解、看清你自己想要什么，想做什么，以及想要怎样的人生。

人总会有迷失、困惑，甚至不知如何是好的时刻，这种感觉就像走迷宫，无论你怎么走，都找不到方向。

但它的出口其实一直都在，只是有的人会非常清醒理智，时刻记得心中的方向和目标。而有的人却会像无头苍蝇一样，一直在其中穿梭和徘徊，直到把自己耗得筋疲力尽，最终缴械投降。

其实一个人过得好不好，开不开心，幸不幸福，不在于外在人和事的纷扰，而在于心态的好与坏。

共勉！

人生有三种好心态：放宽心、不纠缠、少计较

很多人常抱怨自己活得累，但不同的是，有的人在抱怨过后能寻找光亮向阳生长，而有的人只会蜷缩在阴影里自怨自艾。

我们都要体验人生的高峰低谷，也会体味人间的悲欢离合。所以，**比拿得起更重要的是学会淡然地放下，比拥有更重要的是学会坦然地失去，比怨恨更重要的是学会从容地原谅。**

1

放宽心。

许多人会因为人与人之间的隔阂或矛盾而感到不愉快，但随着年岁渐长就会发现，许多事真的没必要。

比如职场上的明争暗斗、生意上的尔虞我诈、竞争对手的互相拆台，我们以为战胜了别人，就赢得了想要的名和利。等到了后来才明白，人与人之间的互相信任、理解和包容，远比多挣来的一分半文更有价值。

我们活着，并不是为了一些虚名浮利。能让人感到快乐的，往往是一些看似无足轻重的小事，比如同事之间的互相理解、同行之间的互相帮忙，甚至是对手之间的互相鼓励。一个人好不算好，大家好才是真的好。

不要因为贪婪，而故意去挡别人的路，因为大家一起走，路才会越来越宽；不要因为嫉妒，而故意去坏别人的事，因为别人过不好，你也不会很好过；不要因为好胜，而故意去争不该你得的东西，因为德不配位，往往有余殃。

钱永远也挣不完，福永远也享不尽。但为人厚道善良，吃点亏、让几步，却可以给你带来源源不断的好运气。

2

不纠缠。

你有没有为打翻的牛奶哭泣过，为选错的路沮丧过，为不值得的人伤心过？人生总有各种大大小小的遗憾，比起继续纠缠，更好的选择其实是及时止损。

失去的东西，无论你再怎么挽回，也都失去了；爱错的人，无论你再怎么反悔，也都爱错了。大部分时候，我们把太多值得去追求、探索、体验的时间和精力，耗费在了不值得、已经错过，或是无法改变的人、事、物上。

与其和过去的错误较劲，不如接受它、面对它、改变它。

首先你要知道，时光不会倒退，只会继续往前，你无法让一切都重来；其次你要懂得，没有谁足够完美，错了就要认，认了以后才可能改。如果只是一味逃避，那么日子只会越过越糟。即便有些事已无法改变，我们仍可改变看待事情的心态。

3

少计较。

你有没有为了什么事耿耿于怀过？比如领导多给你安排了一点工作，你就表现出各种不高兴；比如朋友少给了一顿饭钱，你总是铭记在心，试图让对方还回来；比如爱人多说了一句狠话，你就抓住不放，随时旧事重提，嘴巴不饶人。

其实，很多事我们大可不必去计较，甚至计较起来也没有多大意义。有句话说得好，**世界上最宽阔的是海洋，比海洋更宽阔的是天空，比天空更宽阔的是人的心灵。**

当你有能力时，多干点事，不仅能锻炼你，领导也会看在眼里。当一顿饭委屈不了你时，多结几次账，朋友更忘记不了你。当几句气话对你产生不了多大影响时，不去较真好强，爱人才会把你的好放在心底。

如果过度计较一些鸡毛蒜皮的事，反而会因小失大。当你把格局放大一点、境界提高一点、心胸放宽一点，你的纠结、痛苦、不如意也会少很多。

就如你的眼睛，如果只盯着脚下的方寸之地，自然没有瞭望远方时看到的风景那么多、那么美、那么开阔。

4

有人说，人生不如意事十之八九。但其中大部分的烦恼都是我们可以去掌握和消解的。

一时的生活体验，跟我们所面对的处境有一定关系，但你整个人的最终状态还是由你的心态来决定的。

愿你拥有好运气，如果暂时没有，愿你在平淡中，学会从容。

愿你拥有好人缘，如果暂时没有，愿你在误解中，学会宽容。

愿你拥有好生活，如果暂时没有，愿你在不幸中，学会慈悲。

愿你拥有这三种好心态，平和、简单、快乐地过好每一天。

越简单的生活，越丰富

我们人生的前半段，是一个不断做加法的过程。那时我们为了财富地位，为了名利声望，甚至仅仅为了满足自己的虚荣心，努力去挣得更多的钱，认识更多的人，得到更多的荣耀。

可到了后半辈子，我们却需要不断地做减法，减去那些多余的物品，多余的社交，多余的欲望，才能活得舒心、自在且通透。

1

物质极简。

今年年初，我搬家。

在整理衣物时，我原本带有一丝焦虑的情绪。因为以我往常的经验，搬一次家，仿佛要脱一层皮。

要打包的东西实在太多了，每一件物品似乎都没什么用，但又都舍不得扔。于是到最后，它们给我增加的，不仅仅是空间的负担，更是心理上的巨大压力。

而这一次，我除了几套换洗的衣服，必需的生活用品，和必带的书，就再无别物。

其实这样的改变，要从两年前说起。

那时，我一大早起床，面对满柜子的衣服，就感到非常茫然。因为我完全不知道该穿哪一件，仿佛永远都少一件。

但买得越多，就感觉缺得越多。

比如你买了一件衣服，就总想着还要买搭配的裙子、鞋子、包包等。于是这就成了一个无底深渊，投入越多，越无法满足。

后来因为工作要求必须要穿工装，刚开始我很不习惯，总觉得大家都穿成白衬衣，黑裤子，很没有个性。

可是时间一长，我突然发现，这样的转变让我的生活变得越来越轻松、丰富和有趣。

首先，我省去了许多搭配和挑选衣服的时间。

其次，我切断了许多到商场四处闲逛和乱花钱的机会。

最后，我节约的精力和心思，更多地用在读书和写作上，精神世界更加充实。

在生活中，我们的吃穿住行用，都需要适度。

因为再多的珍馐美味，你日食不过三餐，再大的豪华别墅，夜眠

不过六尺，再好的绫罗绸缎，包裹肉体不过一身。

　　海明威曾说："我始终相信，开始在内心生活得更严肃的人，也会在外表上开始生活得更朴素。在一个奢华浪费的年代，我希望能向世界表明，人类真正需要的东西是非常之微小的。"

　　其实你自己应该也有这样深刻的体会，无论什么东西，一旦多了，就会难以选择，就会自找麻烦，就会徒增烦恼。

2

　　社交极简。

　　我曾经有个同事，他在大家眼里，是个深居简出，形单影只，甚至有些难以靠近的人。

　　比如下班时间，大家约着去吃顿火锅，打局游戏，唱会儿歌时，他从来都不参与。

　　他宁愿一个人去看一场幽默的电影，一个人去图书馆学习最新的专业知识，甚至是晚饭后，一个人去公园散步、遛狗和健身。

　　有一次，我就问他，难道你不害怕被孤立，不感觉孤独，难道你就不需要朋友？

　　他笑了笑，十分平静地对我说：

朋友并非越多越好，人生得一二知己，能够互相交心和成长，足矣。

当我摒弃过多外界的干扰时，反而能沉下心来，专注地去做我想做的事，过我想要的生活，以及活得更像我自己。

而反观那些爱交朋结友的人，他们看似活得热闹，其实内心时常感到空虚和孤独。

他们花了大把时间，去喝伤身的酒，去说违心的话，去吃无意义的饭，以为多个朋友真的会多条路，多种选择，多个晋升的空间。

可事实却是，当你自己不够优秀，没有能力，实力不足时，哪怕认识再多人，也是徒劳。

而且，当你忽略了跟自己独处，跟家人相聚，以及享受美好生活的过程时，你的生活就失去了质感、光泽和厚度，自然就会显得越来越浅薄、俗气和平庸。

导演伍迪·艾伦，导演了五十多部电影，获得二十三项奥斯卡提名，但他一直没有电脑，摒弃一切电子设备和社交活动，在一台德国奥林匹亚 SM3 型号的手动打字机上完成了全部的剧本创作。

奥黛丽·赫本曾说：我享受独处，喜欢和我的狗一起散步，一起欣赏树木、花朵、天空……如果给我机会让我从周六晚上独自一人待到周一早晨，我会很开心。

其实每个人的时间和精力都有限。

与其讨好别人，不如提升自己；与其随波逐流，不如特立独行；与其参加太多无用的社交，不如学会高质量的独处。

3
·

欲望极简。

我有一个同学，她的生活虽不算特别富裕，也绝对称得上小资。但她总是说自己过得很累。

我问她为什么，她说，想要再换一套大点的房子，但苦于经济条件有限。

其实当初她刚毕业时，只渴望有个属于自己的落脚地，只要和爱的人在一起，有个温馨的家庭，就会感到快乐。

后来她在辛苦打拼五年以后，终于如愿以偿，如今所住的房子也不算小，她却依旧不满足。

认识的一个熟人，他在单位因为能力突出，表现优异，在六年内连续得到两次升职加薪的机会。

当别人都投以羡慕的眼光时，他却表现得心事重重。

我一问才知道，原来他觉得自己的实力，远超所任的职位，但因为体制、资历以及其他原因，他想短时间内再次被提拔的可能性非常小。

不知道你是否发现，如今的人，在看似什么都不缺的情况下，却远没有一无所有时那么随性、潇洒和快乐了。

就如有人所说，**人生有两种悲剧，一种是你得不到想要的一切，一种是你得到了想要的一切。**

后者更让人痛苦。也许未得到时，你还可以安之若素，但当你得到了，就更加欲壑难填。

虽然人追求更好的物质生活、更高的层次、更好的仕途，并没有什么错，但是不懂得享受当下，不懂得克制自己的欲望，一味地去苛求光鲜奢侈和虚名浮利，只会把自己拖得越来越疲惫。

记得梭罗在《瓦尔登湖》里写道："**我们每一天努力忙碌、用力生活，却总在不知不觉间遗失了什么。面对不断膨胀的物欲，我们需要的是一颗能静下来的心。多余的财富只能够购买多余的东西，人的灵魂必需的东西，是不需要花钱购买的。**"

通常，一个人是否活得幸福，主要跟心态有关。

在一切温饱以外，如果你懂得知足常乐，就会从内而外感到富有。而当你贪得无厌，就会感到越来越痛苦。

4

我们总以为，想要活得更丰盛，就要去争取更多的东西，更多的权力，更多世俗意义上的成功。

但事实却是，越是简单、朴素和清淡的生活，越深刻，越浓郁，

越不失本质和温度。

于物质而言，只要满足了基本温饱，我们需要的越少就越好。就如一位大师曾说的，拿走的东西越多，留下的就越纯粹。

于社交而言，你应该减少无用、多余，乃至毫无意义的社交。因为经营好自己，比寄希望于别人更重要。

于欲望而言，一个人越是能清心寡欲，越是能感知幸福和快乐。就如《菜根谭》里曾说，人生只为欲字所累，便如马如牛，听人羁络……若果一念清明，淡然无欲，天地也不能转动我。

越是简单处，越能雕琢出丰厚、饱满且充裕的生活！

最好的生活：身体无病，心里无事

总有人说，有很多种活法。

可以朝九晚五，也可以浪迹天涯；可以足不出户，也可以云游四海；可以高朋满座，也可以一人独处。

不可否认，每个人都有自己的选择和喜好，但在我心里，最好的生活就是身体无病，心里无事，如此甚好。

1

一个人，首先要身体健康，才有精力去做想做的事，才有能力去爱想爱的人，才有余力去追求想要的一切东西。

如果拥有健康，你哪怕跌落谷底，哪怕陷入绝境，哪怕失去所有，都还有逆袭的可能。

但如果失去健康，你哪怕腰缠万贯，哪怕富得流油，哪怕得到了一切名和利，终将化为泡影。

其实道理大家都懂，但就是做不到。我们依旧会为了忙不完的合同，处理不完的业务，张罗不完的事情，把健康抛之脑后，置之不顾，视若无睹。

但当你发现身体亮红灯时，轻者，尚且可以进行补救和医治，重者，就完全没有了挽回的机会。

那时即便你有千金万银，请得起最专业的医生，住得起最好的医院，付得起最贵的医药费，也是枉然。

记得德国哲学家叔本华说：**"健康的乞丐比有病的国王更幸福。"**

谁都喜欢自己健健康康的，而不是病恹恹的。谁都希望能活得更久一点，更有质量一点，而不是过早地结束生命，或者成为一个随时需要别人照顾的病人。

所以请从现在开始，好好吃饭，好好睡觉，注意作息规律，劳逸结合，不熬夜，少生气，多运动。

只有身体好，一切才会好起来。反之，再好的生活条件，也无法弥补身体抱恙的缺陷和遗憾。

2

虽然每个人的生活方式不一样，但是一样的是，我们都渴望获得幸福。

而幸福更多时候，是在基本温饱以外的一种感受，一种体会，一

种领悟。

在现实社会中，你会发现，有的人虽然家财万贯，却活得无比压抑，而有的人一贫如洗，却也可以自得其乐。

他们之间最大的差别就在于，心中是否装着事。

比如总有许多人觉得自己活得很累。

其实真正让他们累的，不是一切困难和挫折，而是他们总在为鸡毛蒜皮、不值一提、无法重来的过往，斤斤计较。

其实生活中的人和事，错了就错了，过了就过了，与其耿耿于怀，不如一笑而过。

比如总有人觉得自己活得很苦。

其实真正让他们感到苦的，并不是现实有多么不如意，而是他们总是太固执。

生活中的机和运，有则有，没有则没有，感情中的缘和分，该是你的，就会是你的，不是你的，也强求不来。

比如总有人觉得自己活得很难。

其实真正让他们感到难的，并不是前途渺茫，而是他们太过忧虑。

谁也无法预测命运，谁也无法预知未来，谁也不知道，明天将会是什么样子。

与其过度担心，不如怀着"兵来将挡，水来土掩"的坦然心态。

毕竟这个世界上，没有走不出的死胡同，只有不会拐弯的人。

有一首诗写道："春有百花秋有月，夏有凉风冬有雪，若无闲事挂心头，便是人间好时节。"

请记得，从现在开始，不要为了已经发生的事后悔，也不要为了未发生的事焦虑。

当你做到"心中无事"时，专注于当下，无牵，无挂，亦无碍，生活就会变得明朗、清透和自在。

3

身体无病，是一个人生存下去的基本要求。

因为健康是 1，其余的事业、家庭、地位和钱财是 0。

你健康，后面的 0 越多就越富有。而如果你没有了健康，一切都无从谈起。

心里无事，是一个人快乐生活的必要因素。

因为只有当一个人能够保持一颗平常心，过往不念，未来不迎，才能将自己随时清零，能去悦纳更多有趣的人，更加美好的事，以及更加有意义的人生。

只要两者兼顾，无论最后你身归何处，心向何方，都能感到真正的踏实、满足和心安！

我们都曾遭遇生活的难，我们终将学会勇敢

1

在工作中，你是否有过这样的感受？

你平时尽职尽责，任劳任怨，但因为无意做错了一件小事，就被领导全盘否定。

你待人宽厚，善良，不计较，但因为无心说错了一句话，就被同事怀恨在心。

甚至你熬夜加班，好不容易做出来的方案，却因客户的过度挑剔而毁于一旦。

你时常觉得上班很累，不仅因为压力大，任务重，担子沉，还因为这里的钩心斗角、尔虞我诈、明争暗斗等，让你感到力不从心。

你曾以为，就自己很苦，很忙，很疲惫，但你不知道的是，这个世界上还有更多的人过得比你还辛苦，但都在负重前行，咬牙坚持。

你曾以为，换一个地方就好了，换一种环境就对了，换一批人就轻松了。但你不知道的是，其实到哪儿都要面对该有的困难和挫折。

你曾以为，只要解决了一个问题，化解了一个矛盾，突破了一个瓶颈，就能万事大吉。但你并不知道的是，接下来又会出现新的难题和麻烦。

即便如此，你也不必沮丧，不必绝望，更不必自暴自弃。

能改进的，就再努力。不能左右的，就坦然接受。无法预测的，就从容看待。你总要相信，那些打不倒我们的，只会让我们更强大。

2

在生活中，你是否有过这样的经历？

你曾在穷困潦倒时，早出晚归，奋力打拼，甚至吞咽了无数委屈，许多个撑不下去的时刻，你总告诉自己，一定要争这口气。

可当你好不容易熬到了头，看到了一丝希望的曙光时，却被猝不及防的工作变动、家人病重、朋友反目等，弄得心力交瘁。

你突然不知道努力的意义在哪里，也不知怎样对待世事的善恶和好坏，更不知如何去平衡内心的迷茫和困惑。

你曾以为，只要追求平淡和简单，就能顺遂地过好每一天。但生活总是不会让你如意，哪怕你与世无争，哪怕你与人无怨，哪怕你清白坦荡，但你总是会被卷进各种旋涡里，它们让你烦恼，让你焦躁，让你不得安宁。

其实我们每一个人的生活，都像是在升级打怪。

也许你渡过了这一关，还有下一关，也许平了这一波，还有下一波，过了这道坎，还有下一道坎。

既然这个世界上并没有一劳永逸的解脱之道，不如学会在悲喜交加的人生中，保持积极乐观的心态，坦然地应对未知的风霜雨雪，也能欣然地享受哪怕并不美好的当下。

3

在感情中，你是否有过这样的体会？

你曾在最无能为力的年纪，遇到了最想照顾一生的人，却在能独当一面时，怎么也遇不到合适的那个人。

你曾因不珍惜，太狭隘，很任性，轻易松开了想要牵一辈子的手，却又在成熟懂事后，失去了对爱情的向往和憧憬。

你曾掏心掏肺地对一个人好，可那个人却对此无动于衷。你曾被另一个人温柔以待，但怎么也激不起心中的涟漪和浪花。

我们也是被伤过后，才发现，原来感情里的付出和回报，并不总

是成正比的。因为你的好要给值得的人，才会绽放光芒。

我们也是被离弃过后，才懂得，原来这个世界上，离开你的人都不是对的人，因为真正爱你的人，无论如何也不会走。

我们也是错过了以后，才明白，原来人生的出场顺序，也很重要，或许换一个时间相遇，就会有完全不同的结局。

但人生本来就没有所谓的完美，如果你遇到了真爱，就好好去珍惜。如果暂时没有，也不必失望。

保持得之我幸，失之我命的态度，即便曾经遇人不淑，也不能失去爱和被爱的能力。

如果你懂得过好一个人的生活，就不怕独处的寂寞，也能经营好两个人的家。

4

其实所谓的人生，不过是山一程，水一程，山山水水又一程。风一更，雨一更，风风雨雨又一更。

我们曾以为，生活有一路通关的捷径。殊不知，在你人生的每一个阶段，都会遇到不同的挑战和艰难。

你要不断地逢山开路，遇水搭桥，使出十八般武艺，才不至于被击垮，被放倒，被打趴下。

PART 3

　　没有人天生就有一副好盔甲，不过是有了足够丰富的阅历，有了足够豁达的心态，有了足够坚硬的底气，才能得失随意，去留随心，笑对一切好与坏。

　　如果我们注定要不断地跟生活斗智斗勇，何不保持一颗悦纳心？不畏，不惧，不忧愁。不卑，不亢，不逃避。让该来的来，让该走的走，让该发生的一切，都自然地发生。

　　只要我们不轻易放弃，只要我们心态积极，只要我们永远保持向上的姿态，终将能打赢人生这场持久战！

做一个不轻易垮塌的成年人

1

前段时间我特别忙，除了要完成超额的工作，还惦记着每天要读的书、要写的文章。

有一天，我在办公室加班，中途接到家人打来的电话。刚开始我还有说有笑，通过视频"炫耀"我奋战的业绩，可是快要挂电话时，家人说了句"工作再忙，也要注意身体"，让我瞬间泪崩。我并不是一个敏感脆弱的人，但不知道为什么就是突然感到心里很苦涩。

想起电影演员成龙一次接受采访的经历。主持人问他："拍电影累不累呀？"谁知道，就是这么简单的几个字，居然让一向以硬汉形象示人的成龙在节目中哭了整整 15 分钟。

大概每个人都有过短暂的崩溃时刻吧。许多时候，你已经硬撑了很久，但就是某一个不经意的瞬间触及了你的痛点，然后情绪就会瞬间失控。

其实，**偶尔的发泄很有必要。毕竟弦绷得太紧，也需要适当地放松。但更重要的是，我们要迅速从糟糕的情绪中跳脱出来，才能以更加饱满的状态继续轻装前行。**

2

有个读者曾跟我讲起这样一件事。

3年前，他经历了人生中最灰暗的一段时光。那时，他辞掉了稳定的工作，正处于零基础创业的艰难期。每天为了开发产品、招揽客户，忙得焦头烂额。可就在这时，他的妻子跟他提出了离婚。

虽然他试过挽留，但是妻子明显铁了心要走，后来两人还是办了离婚手续。

那时的他，面对着不见起色的事业、需要人照顾的年迈的父母，以及正在读幼儿园的儿子，可以说日子过得非常艰难。

有一天晚上，他拖着疲惫的身躯回家，儿子突然哭着跟他说想妈妈。他一声不吭出了门，蹲在无人的墙角，一个劲儿地抽闷烟。他说，那一刻，感觉自己的整个人生都失败透顶。可是隔了十来分钟，他像个没事人一般，又继续去做该做的事了。

其实，成年人的生活中谁还没点烦心事呢。可无论遇到多难的境况，在短暂的发泄以后，我们依旧要学会释然、学会减压、学会自我调节。**只要我们足够坚强，无论命运给予多大的暴击，都无法真正将我们撂倒。**

3

朋友王姐前两年也遭遇了一次不小的变故。

她的母亲确诊乳腺癌不久，父亲也查出了头部长有肿瘤，王姐几乎不敢相信。但那个时候，抱怨、发怒，哪怕是绝望都通通没用，她无法逃避，只能选择面对。

为了给父母治病，那段时间她特别辛苦。因为丈夫在异地工作，家里的所有事情都要靠她一个人去做。白天上班，心无旁骛地处理事情，下了班就赶到医院，安慰和照顾父母。面对高额的治疗费、各种杂事的牵绊，以及父母情绪的不稳定，她也有无数次感到撑不下去。尤其是晚上睡在医院的陪护床上，她连哭都不敢出声。可第二天一大早，她还是打起精神，像一个战士般去应对生活给予的所有刁难。

是啊，生活中难免会有坎坷不安，但我们终究要学会长大，学会在风雨里竭尽全力，保护我们想要保护的人，撑起我们应该撑起的天。

4

作为成年人，我们必须扛得住事，经得起磨砺。

　　记得曾看过这样一段话：生活永远不可能像你想象的那么好，但是也不会像你想象的那么糟。无论好的时候还是糟的时候，都需要坚强面对！

　　当压力压得你喘不过气时，不妨试着先松口气；当痛苦让你快承受不起时，不妨选择暂时的逃离。当你感觉苦闷时，放声大哭也没什么不可以。只是请记得，**不要在悲观的情绪里沉溺太久，也不要在崩溃的边缘停留太久。**

　　不管怎样，我仍旧希望，我们都能学会勇敢，学会坚强，学会做一个不轻易垮塌的成年人。

你要有自己的独处时光

1

不知你是否有这样的体会，人越成长，越喜欢独处。

以前喜欢三五好友、成群结伴、呼朋唤友，现在却喜欢一个人吃饭，一个人散步，一个人看电影。哪怕一个人发呆，也是难得的惬意和自在。

其实，这样的转变并不是我们活得没有朝气、没有活力了，而是我们渐渐学会了与自己独处。

人这一辈子，孤独是逃不开的。与其勉强自己去合不想合的群，去说言不由衷的话，还不如真真实实地去面对自己。

有太多时刻，我们需要在别人面前扮演好各种角色：在单位里，你是独当一面的好员工；在生活中，你是侠肝义胆的好朋友；在家庭中，你是父母、是丈夫、是妻子、是子女。

有时，你分明很累，你也想有片刻的放松和缓冲。但即便如此，你也要一如既往地保持微笑、保持淡定、保持一种昂扬向上的姿态和心态。

唯有独处时，你不用强颜欢笑，不用百般周全，不用去顾及别人的感受和情绪。你一个人时，无拘无束，无人打扰，才活得最像自己。

2
●

记得看见有人在网上提问，为什么有些男人开车到家后会独自坐在车上发一会儿呆？

其中有个高赞的回答说：很多时候，我也不想下车，因为那是一个分界点。推开车门，我就是柴米油盐，是父亲，是儿子，是老公，唯独不是我自己。在车上，一个人想静静，抽根烟，这个躯体就属于自己。

而这也让我想起另一个话题，说为什么许多女性当妈妈后会喜欢待在厕所里？

在我看来，可能只有在狭小的空间和片刻的闲暇中，她们可以不当超人，可以不用面对家庭生活的鸡零狗碎，可以允许自己有那么一点私人的空间和余地。

越是到了一定年纪，你越知道，独处是一件多么奢侈的事。它意味着，你不用二十四小时待命，不用随时为了工作上的事操心，不用时刻以备战状态面对生活可能给你的暴击和伤害，更不用总是忙得不可开交没有喘息的力气和可能。

其实独处，并不是一种逃避，它恰恰起到了一个过渡和调节的作用。因为人绷得太紧，就容易情绪失控。而独处时，就可以在完全不被打扰的情况下，学会缓一口气，释放一下压力。

独处能让我们停止无意义的消耗和透支，学会适时沉默，反而会还自己一份清静、一份纯粹。

3

作为一个成年人，你身上的责任注定会让你陷入忙碌的状态。整天要跟无数人打交道，可就是很难找到机会跟自己独处；整天要处理无数的事情，可当你面对自己时，却显得如此不知所措。

大多数时刻，我们的烦恼就来自我们很难坦诚地面对我们自己。

不懂得独处的人，只会活在别人的世界里，无法跳脱出来。而懂得独处的人，却可以有那么一种暂时与外界隔离开来的可能，以进行自我的疗愈和调整。

有人说，于年轻人而言，独处可能会让你感到寂寞。但于成年人而言，独处却是一件奢侈的事。

虽然我们很难做到抛开外在的一切压力和束缚，只为自己而活，但是不妨偶尔给自己一个独处的机会。

在你找不到自我时，在你感到烦事缠身时，在你觉得需要停下来休整时，哪怕只有一时半刻，让自己独处，静下来、沉下来、淡定下来，人生之路或许就会变得愈加辽阔。

"好好吃饭的人，都不简单！"

《礼记》里说："饮食男女，人之大欲存焉。"

关于吃，并非我们所认为的柴米油盐，这里面，其实还大有学问。

看一个人如何吃饭，就能大致看出他的生活方式和品质，甚至是为人的修养、处世的态度，以及其中所浸透的人生价值观。

1

曾经的你，是不是这样的：经常饱一顿饿一顿，想吃时才吃，不想吃时就不吃，甚至拿自己的身体跟让你不开心的人和事赌气。

而现在的你，却是这样的：还没到饭点，就张罗着待会儿吃什么。有时不饿，但也会勉强自己多少吃点。

因为面对艰难的工作，繁重的任务，巨大的压力，你唯有好好吃饭，才能打起十二分的精神，精力充沛地去做事。

而这样的转变，表面上是你开始注重自己的身体，开始爱惜自己，懂得照顾自己了，更深层次来说，这是成熟的一种体现。

因为你身上的担子越来越重，你的责任越来越大，你再也不敢任性，不敢放肆，不敢透支身体了。

你还要依靠它，努力工作，努力生活，努力去撑起你必须要撑起的天。

还记得在《许三观卖血记》里，许三观每次抽完 400 毫升的血，都会奢侈地去胜利饭店吃一盘热气腾腾的炒猪肝，喝二两刚好温热的黄酒，然后立马恢复了元气，又继续像个正常人一样，可劲地去挣钱养家。

有个成语叫作"身不由己"，是说一个人的行为不由自己做主，当然也可以解释为：

一个成年人的身体，并非仅仅属于他自己，更多时候，是属于事业、家庭，以及需要照料的老人和孩子的。

不吃饭，是一种高调的任性。好好吃饭，却是一种低调的承担。

2

有一位学僧曾问禅师："和尚最近怎么用功？"

禅师答："饥来吃饭困来眠。"

学僧不解，又问："平常人不也吃饭睡觉？这也叫修行吗？"

禅师又答："平常人吃饭时千般计较，不肯乖乖吃饭；睡觉时百般思索，不肯乖乖睡觉。"

你是否有这样的感受？如今很多人，无论是吃饭还是做事，总是心不在焉，无法在当下真正做到专注。

比如即便在进餐时，你的心里还装满了那些没有做成的事、已经离开的人、算不清的账目、挽不回的损失等。

如果一个人总是无法及时从中跳脱出来，就会活得特别累。而真正智慧的人，懂得人生的每一步，哪怕是吃饭这等看起来无足轻重的小事，也值得用心对待。

有的人，遇到点麻烦和困难，就寝食难安。而有的人，即便面对疾风骤雨，也能风平浪静地安心吃下一日三餐。

有太多时刻，我们拿不起、放不下、忘不掉，把太多烦恼、忧愁、不如意放在心中，纠缠不清、无法挣脱、庸人自扰。

但一个人如果在面对大事时，还可以镇定自若地好好吃饭，就证明他有过人的能力。如果遇事就焦躁，那么他通常走得也不会太远。

3

一直很喜欢苏东坡，不仅因为他词写得好，也因为他达观的心态。

他一生文采出众，但仕途坎坷，即便数次被贬，也不改做人本色。

元丰三年（1080 年），他被贬黄州。那里当时气候恶劣，条件简陋，他却写出了《初到黄州》。

> 自笑平生为口忙，老来事业转荒唐。
>
> 长江绕郭知鱼美，好竹连山觉笋香。
>
> 逐客不妨员外置，诗人例作水曹郎。
>
> 只惭无补丝毫事，尚费官家压酒囊。

即便命运多舛，也未影响他对生活虔诚的热爱。

在现实生活中，许多人如果遇到不顺心的事，即便可以强迫自己简单吃几口，也没有心思去体味饭菜的真滋味，甚至香甜的东西也能吃出酸苦的味道。

环境我们是无法改变的，但是以怎样的心态去面对，却是我们可以自己掌握的。

人一旦放宽心，世界也就宽了。一旦想得开，路子也就开了。一旦拥有海一般的度量，自然就能做到波澜不惊。

重要的从来不是我们有着怎样的境遇，而是我们是否有一颗豁达的心，去包容、去消解、去接纳这一切不完美。

其实人这一生，无论贫穷还是富裕，都会经历许多苦和难。

也许如今的你，还不足以应付这一切，但只要不断学习、进步和提升，我们终将成为更好的自己。

所以不必急躁，也不必慌张，更不必惴惴不安。

饭要一口一口吃，路要一步一步走，耐心一点，沉着一点，平和一点。你总要相信，没有什么坎是过不去的。

好好吃饭，好好过日子，好好去感受这美好的一生！

人生拼到最后，拼的是好心态

1

前几天在地铁上，听到旁边两位阿姨在聊天。

一位阿姨说："我家媳妇跟我相处得还算愉快，饭菜做得合她胃口她就多吃点，不合胃口她就少吃点，但很少在我面前挑刺。"

另一位阿姨说："这才是聪明人啊。不像我家的媳妇，我当她的免费保姆，又是带孩子，又是打扫卫生的，她还总是各种嫌弃我。不过呢，我也不跟她计较，毕竟一家人和和气气才是最大的福。她要是心里不舒服，就让她多说几句。毕竟都是做父母的人了，等她到了我这个年纪，就自然明白我的苦心和不容易了。"

当时我听到这番话，对这位阿姨敬佩不已。

其实，谁的生活中没有一些鸡零狗碎的事呢？尤其是当你发现有些问题和矛盾是你无力解决但又无法回避的时候，选择接纳和包容，远比计较和纠缠更明智。

曾经以为，过得开心的人都是无忧无虑的。可后来才明白，人这一生幸福与否，其实心态很重要。你若真要事事较劲，最后只会让自己伤痕累累。

2

去年年底，一个朋友拿到了丰厚的年终奖，情绪却十分低落。

她跟我说，这份工作干着没意思。因为她辛辛苦苦奋斗了整整一年，结果拿到的钱还没那些不做事的人多。

我很理解她的心情，因为她们部门有好几个同事都是老板的亲戚，每天无所事事还受到特殊的优待。

但我对她说，你不能光跟别人比，还要跟自己比啊。你看你今年拿到的钱跟去年相比，整整多了一倍。

有时候，我们不快乐的原因在于常常去做毫无意义的比较。有时候，你觉得你过得很不好，可能并不是因为你本身过得糟糕，而是因为觉得你身边的人过得比你好；有时候，你觉得自己活得很累，可能也并不是因为你本身承受了多大的压力，而是因为你身边的人都活得比你轻松。

我们常常把自己的快乐建立在对别人的参照中，越这样去比较，心里就越不平衡。但如果你学会跟自己比，只要今天的你比昨天好，现在的生活比以往好，心态一对，人生可能就好了。

3

一个读者跟我提起，她的丈夫身上有很多缺点。比如，不求上进，在一家单位干了十多年，反正大错不犯、小错不断，如今还是基层员工；比如，习惯不好，抽烟喝酒，几乎每天烟酒不离口；再比如，性格暴躁，对孩子没耐心，与自己也经常针锋相对。

她想了很多办法，该讲的道理也讲了，该发的脾气也发了，可她丈夫就是听不进去，依旧是老样子。

我问她，那你想怎么办？

她笑笑说，如果他真的不改，我也不会太计较，毕竟夫妻多年，感情始终都在，也不会因为这点事就各奔东西。

我想，她道出了许多人在婚姻中的真相。你的另一半可能有很多的缺点和不足，你很想让他（她）为你改变，哪怕一丁点。可最后你发现，你选择了他（她），其实也就选择了跟他（她）全部的不完美相处。

所以，好的婚姻并不是十全十美的，而是双方学会了多去看对方的优点，然后对那些并非致命的缺点忽略、过滤、宽待。

4

每个人活在这个世上，都有诸多烦恼、痛苦和不如意。很多时候，我们以为挣得更多钱、拥有更多物质，或者得到更多想要的东西，就能快乐些。

但快乐其实也是一种心态。

有的人，哪怕事事顺遂，也会整天抱怨和不满。而有的人，即便身处泥沼，也能拥有仰望星空的快乐和满足。

所谓好心态，就是心要大点，遇事不过分计较，也不去做毫无意义的比较，更不要紧盯着缺点不放。

当你用乐观、积极、阳光的一面去善待生活时，日子总会变得美好起来。

一切缘于心动

1

有一个小和尚从小在寺庙里长大，总是调皮捣蛋、偷奸耍滑、不爱背书。因此他的师父常常摇头叹气，说他："孺子不可教也。"

有一天，一群富贵人家的子女来到寺庙里上香，那些闺中小姐打扮得真好看啊！单是头上的玉簪就晃花了和尚的眼，小和尚躲在帷幕后面，忍不住多瞄了几眼，就瞄到了一个小丫鬟，那个小丫鬟在人群边上傻傻地站着，穿着一身嫩黄色的小裙衫，鹅蛋脸倒笑得讨人喜欢。

刹那间，小和尚心跳的速度比师父让他背《金刚经》时还要快一点。佛家说："不是风动，不是幡动，仁者心动。"

从此以后小和尚比其他和尚起得都早，在禅房刻苦诵记经文，研修奥义，他想，如果有一天能像师父那样在正殿迎接贵宾，他就能多看她几眼了。

小和尚不知道为什么想要再见到她，他只觉得能再多看几眼就好了。

过了一些年，小和尚终于有资格站在正殿和师父一起迎接贵客了。

他已经不会被玉簪晃花眼了，他几乎见过城里所有大户人家的女眷，她们长得都很好看。

他还知道了那户人家是城西的员外郎家，可是他再也没有见过那个小丫鬟。又过了一些年，小和尚成为那座寺庙历史上最年轻的住持，他精通佛法，远近闻名。

就在这时他又见到了那个小丫鬟，但她已经不再是当年的那个小丫鬟了，她也戴了玉簪，依然在人群边上傻傻地站着，鹅蛋脸珠圆玉润，手里牵着一个七八岁的小男孩。

时隔多年，他又有了当年师父让他背《金刚经》时的感觉。他突然向她走去，在众人诧异的目光中，将手腕上那串伴随自己多年的佛珠套在了小男孩的手上，说："这孩子灵气可嘉，定有善缘，施主悉心调教，必能有所成就。"

她眼里涌动着不可思议的神采，对年轻的住持投去感激的目光。高门大院中，若有个前途远大的孩子作为依靠，想必生活不会太苦——他是这么考虑的。

"后来呢？"小姑娘急急地问，"他俩终于见面啦，后来怎么样了呢?"我说:"后来啊,住持的年纪越来越大,更加精心研习佛法,德高望重,声名远播。功尽圆寂后留下舍利被供奉在寺里。没有人知道,他一生的佛缘缘于心动。"

我很喜欢这个故事,就如我相信**人与人之间,一定有某种缘分的连接,才能在茫茫人海中相识、相知、相遇。哪怕萍水相逢的过客,也一定是你上辈子匆匆一瞥的注定机缘。**

许多时候,我们对某个人、某件事的心动,促使我们成了更好的自己,即便最终你看似偏离了初衷,但这个过程,就是心动的全部意义。

2

我们每个人的一生中,都有无数次心动的时刻。也许它们让你快乐,也许它们让你流泪,甚至有的会让你尝遍肝肠寸断的滋味。

但也因为它们,我们的人生有了许多不一样的变化,因为有了它们,生命才变得如此丰富和有趣。

比如读书时,为了追到那个成绩很好的姑娘,于是不爱学习的你发奋读书,只为跟她考到同一所大学。

可到最后,当你费尽力气,终于如愿以偿,也能每天在校园里看到她时,才发现原来她早已心有所属,而你不过是单相思而已。

于是那时的你,有些沮丧和挫败,因为你费尽千辛万苦,最终还是没有跟喜欢的人在一起。

甚至你还会懊悔，早知道结果如此，当初也不必如此逼自己苦读。

但时隔多年，你会发现，你要感谢那个给你希望，又让你失望的姑娘，因为她，今天的你才成了更优秀的样子。

比如成年后，你为了和喜欢的人在一起，不顾父母反对，放弃优渥的生活，不远万里，和他一起外出打拼创业。

你不怕吃苦，不怕受累，即便在最困难的时期，也觉得只要和他在一起，一切都能克服和承受。

后来你们的日子日渐安稳，最终成了家，立了业，但不知是他变了心，还是你跟不上他的脚步，总之，你们渐行渐远，最终居然以分道扬镳收场。

后来，你曾有过怀疑，你在反思自己是否选错了人，走错了路。

甚至想过，如果当初安于舒适，待在小城市，如今的日子也许过得足够平顺。

虽然到最后，那个让你奋不顾身的人离你远去，仿佛你绕了一个大圈子，最终还是要回到原点，**但是这一路走来，你所看到的世界，所欣赏到的风景，以及曾有过的难忘经历，足以弥补你们无法白头到老的遗憾。**

毕竟，有些人的出现，仅仅是为了让你变得更强大，而未来那个真正对的人，才会把你变得更柔软。

但少了前面一个人给你带来的痛苦沉淀，你也许很难有如此智慧，去获得内心的解脱和释然。

3
·

一个人还能心动，其实是一件很幸福的事。

因为最重要的并不是你最终是否得到了令你心动的那个人、事、物，而是为了它，你变成了更好的自己。

虽然有时它所呈现出来的方式，并不总是欢喜的，甚至是苦涩的、烦恼的、不容易被接受的，**但是我们坦坦荡荡地去爱过，努力过，争取过，这就是最好的结局。**

其实无论地位多崇高、身份多尊贵、内心多清明的人，都脱离不了情感的牵绊，也都有对美、对善、对真的追求和向往。

即便是那个后来成为大住持的小和尚，如果当初不是因为想要多看那个姑娘几眼，估计最终也会是"孺子不可教"也。

心动，是一件好事。

但前提是，这样的心动，它应该是一股向上的力量，指引着你往更好的方向前行，让你愈加完善和精进，让你成为自己想要的样子。

心动，是个很美好的词。愿你有，我也有。

不知迷茫为何物

1

2019 年 3 月 24 日，我人生中的第一场签售会定在了重庆的国泰广场。

原本这本新书的编辑要从北京赶来，但后来到现场的居然是图书公司的老板。

其实当时知道这个消息时，我并没有觉得自己有多么受重视，我单纯地认为，老板亲自上阵，可能是因为刚好到重庆有重要的事要办。

活动定在下午两点，我们中午提前约见了一面。当时他身边带着两个同事，像左右手般站在他旁边，一看就知道这个穿着黑蓝色大衣的人就是老板了。

我对"老板"这两个字感到生分，总觉得它带有无法拉近的距离感。结果当我第一眼见到这个"老板"时，瞬间觉得，这是我见过的

PART 3

最儒雅的老板。

不仅是长相清秀，他连走路的姿势都笔直挺立，说话的速度不快不慢，整个人透露出浓浓的书生气质。

我们坐下来，点了餐，在等待时，我寒暄了几句，然后反客为主地抢先问道："李总，你的公司开了多少年？"

他立马告诉我说："公司是 2013 年成立的。"

然后我又问："我了解到，你曾经在某个大型公司上班，后来突然辞职，决定自己创业，当时为什么有这样的想法？"

他又答："其实我一毕业，就想创业。但当时启动资金不足，所以想着先攒点钱，然后再起步。"

然后我问："那你本身是学文学的吗？"

他答："不是，我学物理的。"

当时我特别惊讶，然后接着问："那你为什么会走进图书出版行业，而不是选择做与物理相关的工作？"

他非常自然地答道："其实我小时候，一直偏科，喜欢文学，数学成绩很差，但逻辑推理能力还不错。化学实操能力不好，经常在做实验时打破试管瓶，但我的理论知识学得很好。当时家里想着，我是一个男孩子，学文科没太大出路，于是就选了理科，读物理专业。家人的设想是，我毕业了，可以去当物理老师，可以去做科研工作，反正出路看起来还不错。"

但没想到的是，他一毕业，居然立马从湖北到了成都，因为当时听说成都有很多不错的出版社，他想来做一名编辑。但来了以后，他待了半年就离开了。因为他发现，当时成都的出版行业其实发展得并不好，于是他又辗转换了好几个地方，然后北上，到了北京，再次应聘编辑岗位的工作。

当时他看中了一家图书公司，人家招聘的硬性要求，就是必须是相关专业才行。但他居然毫不畏惧，找到该公司的人事负责人，然后表明，自己是学物理的，但很喜欢文字，他也相信，自己可以干好这份工作。

刚开始，那个负责人仔细盯了他一眼，虽然觉得他不适合干这行，但是还是很好奇，这个小伙子眼神里透出了勇敢和刚毅。然后想了一下说，那我给你拟订一个活动，你回去写一个策划方案，过两天来交给我看。

那时他立马干脆地答应了。其实那时他连怎么写策划方案都不知道，甚至从来也没写过。

我适时地插了一句话问："那你后来怎么办的呢？"

他渐渐进入深度聊天的状态，然后说："那个时候有百度啊，我就上网找资料，然后临时买了书，最后按照自己的想法，写了一份不知道是不是真正意义上的策划方案。"

结果那个人事负责人看了以后，立马决定让他第二天来上班。

我想，那家公司当时录用他，更多意义上是被他的真诚，以及他身上那股势必会成功的决心所打动。

后来，他就一直待在那家公司，然后潜心学习他们是如何制作、编辑、销售图书的，并且也在学习如何管理和运营好一家公司。

四年以后，他觉得物质基础和实践经验都差不多时，就果断辞职，然后决定自己创业。

在这期间，他居然丝毫没有犹豫，没有被当时较高的薪水和待遇挽留，而是果断地选择了去做自己想做的事。

然后他一步一步踏踏实实地走到了今天，做出了图书行业中虽然规模并不大，但是可以立为标杆的且十分有影响力的公司。

跟我聊起这些时，他整个人看起来很放松，完全没有敷衍、躲避，或者隐瞒的意思，甚至他仿佛忘了，那天中午吃饭的主要目的，是跟我这个名不见经传的小作者谈谈新书合作的事宜。

后来跟我在一起的闺密也说，我发现你今天聊天的状态特别好。因为这仿佛是一场轻松的访谈，你是主持人，他是嘉宾，从开始到结束，主要是你在听，而他在讲。

很多时候，我们只要学会不要那么以自我为中心，不要总想着让别人了解你，而是多去了解别人，就真的会学到很多东西。

我特别佩服他，因为当他跟我讲起这些时，我发现他仿佛永远都知道自己要什么，而且每一步，都走的是自己想走的路。

后来他无意间跟我提起，其实他的人生从没有迷茫过。我当时觉得有点不能相信，于是问他："那你大学毕业选择职业时，就没犹豫过吗？"

因为大部分人最迷茫的阶段，就集中在那四五年，刚从象牙塔出来，根本就不知道自己的人生目标和方向在哪里，仿佛一艘在海洋中随意漂浮的小船，任由命运翻转和裹挟。

他说，从来没有，虽然自己学的是物理，但是从小就喜欢文学，哪怕读大学时，他在图书馆看的书，也全是与文学相关的。

他十分清楚地知道，自己以后要干与文字有关的工作，所以每做一个在别人看起来很为难的决定时，他都并不纠结。

许多时候，我们总以为差距是来自你踏入社会以后，因为金钱、权势、地位的不平等，所以有了被世俗片面定义的高下之分。

但你也许并不知道，有的人，不仅在起跑线就赢过了你，更可怕的是，他们在你最迷茫、最焦躁、最徘徊犹豫，甚至还稀里糊涂混日子时，就已经提前规划好了全部的一生。

那一刻，我突然知道了他创业的成功究竟赢在了哪里，也终于明白，原来每个人的命，都藏在他的经历里。而这个所谓的命，其实就是每个人自导自演的结果和归宿。

2

当天下午3点左右，我的活动做完了，我也准备回成都。其实

PART 3

主办方提前就订好了晚餐，想要大家一起聚一聚，但我还是礼貌地回绝了。

其实我也曾反复思考过，这样说走就走，不去表达自己的谢意，仿佛不太好。

但我后来一想，作为一个作者，我表示诚意最好的方式，就是沉下心来，写出更好的作品。我想他们能理解，当然，如果不能，我也在此表示深深的歉意。

因为我订的高铁票，是在下午五点半出发，时间还绰绰有余，于是我邀请了李总，还有他的两个同事，我们在附近找了一家茶餐厅，大家坐在一起聊一聊。

这有点不符合我的性格，因为我是那种性格极其冷淡的人，我鲜少会在初次见面时就跟一个人聊太多。

甚至当编辑把李总的微信号推给我，让我加一下方便联系时，我仅仅是加了，他通过了验证以后，我并没有标志性地打个招呼，而他也没给我发过一个字。

当时我就感觉，这个人跟我的性格很相似，都不太想跟别人套近乎。

因为中午我们聊天时，许多观点不谋而合，所以觉得彼此多分享和交流几句很有必要。

比如他说，他这十几年，最大的感悟有三点。

第一，人一定要有明确的目标。

只有你知道了自己想要什么，才知道自己该干什么。而这一点，他就是个很好的示范。

第二，万事不可投机，要脚踏实地去做事。

他跟我讲到，一个朋友，家里在当时还算比较富裕，再加上做生意赚到了钱，总共有一千万左右，后来迷上了炒股，挣到了六千万，于是内心开始膨胀，最后生意也不做了，只一心炒股。但后来股市低迷，他最后收手时，包里只剩下两百多万，老本都亏了。

我想这件事应该对他的影响很大吧，无论是对钱还是对事，一个人一旦想要抄近道，走捷径，想些歪门邪道，最终都会自食其果。

第三，一定要持续努力。

许多时候，不要去问你最终可以得到什么，只要一心一意去做你想做的事和该做的事，等从量变到了质变以后，你想要的好结果和好运气，最终都会降临到你头上。

在我看来，他想要表达的其实八个字就可以概括，**只管耕耘，不问收获**。许多人总是误解这句话，总以为努力就是苦哈哈地坚持，就像一个圣徒一样，不求任何一点回报。

上天不会亏待任何人的努力，你最终得到的一定不会比你付出的少。如果你未得到自己想要的，证明你的努力程度还不够。

PART 3

而许多人的问题，恰恰是太急功近利，急于求成，急于表现自己，而一旦你的初心变得不真诚和纯粹，无论再怎么急火猛攻，最终都不会得到太好的结果。

后来我们陆续聊到跟文学有关的话题，比如聊博尔赫斯，聊马尔克斯，我们在谈到阿来的《尘埃落定》和陈忠实的《白鹿原》里的细节时，都非常兴奋，因为我们都一致认为，这两本书是近三十年以来最好的纯文学作品。

我提到《月亮与六便士》对我的影响也很大，然后他立马反应道，就是那个英国作家毛姆？

我说，对啊。然后他又说："我就觉得很好奇，因为我的妻子也是一名编辑，她也超级喜欢毛姆的书，尤其是《人性的枷锁》，反复看了好多次，甚至还有意翻译它。我就搞不懂为什么你们都那么喜欢毛姆？"

我说，我也不知道，反正几乎他的所有重要作品，比如《面纱》《刀锋》《作家笔记》，以及前面提到的两本书，我都看过了。尤其是《月亮与六便士》，我读了不下十次，它对我写作的影响几乎是最深远的。

一个四十多岁的中年人，拥有稳定的工作，幸福的家庭，居然还有勇气单枪匹马离家出走，从零学起，去追寻自己当画家的梦想。

当时我就想，那是不是我也有权利去追求自己的写作梦想呢？大概一部好的作品就是如此，它对你的影响，用眼睛是看不见的，却在潜移默化中对你产生了实际的意义。

聊到了这儿，他仿佛又被触动了一般，突然说："其实我也想过写小说，而且是三部曲，在我心里已经酝酿十年了。"

然后他把纲要和架构说了出来，甚至还想过以后出了书，还可以把它们卖给电影公司，他负责当编剧。

我当时听得入迷，觉得这个构思真心不错，却不合时宜地说："我觉得你如果能把这三部曲写出来，肯定会大卖，而且也不用开公司了，就当专职的作家得了。"

我当时完全没考虑到，他的两个部下也在一旁喝茶，如果老板去写小说了，那不就意味着他们要失业了吗？

虽然这不是故意的，但是足以表明，我这人情商不高，没考虑到所有人的感受，这个要做个检讨。

甚至我们说到最投缘的地方，他居然说道："以后我写了小说，你帮我写个推荐语。"我居然也斗胆回道，好啊。

事后我反思，估计李老板说这句话时，完全没经过考虑，而我也是。

毕竟于他而言，一个图书公司的老板找一个小作者写推荐语，这不是降低身份吗？

而我居然也吃了熊心豹子胆，其实我当时是单纯觉得这个小说的构思特别棒，根本没想其他，才说了不自量力的话。

但反过来想，有时人与人之间的相处，比说话恰当、做事稳妥、看似密不透风的客套和礼貌更重要的是，我们诚心诚意地去交流，而不是被世俗的条条框框所束缚和捆绑。

有的人也许说话老到，做人圆滑，看起来不会出任何纰漏，但缺少人与人之间交流最重要的真和诚。而有些交流，仿佛没个得宜的尺度和分寸，但发自内心的言语，有时可以抵过所有的虚伪和技巧。

就这样，我们不知不觉聊了一个小时，很快就到了四点，陪我同去的闺密提醒我说，她帮我叫好了到高铁站的车，我们该出发了。

而当时，我们正聊文学、文化和梦想，很多想要说的话和没有交流完的观点，就这样戛然而止。

在打车去高铁站的路上，一旁的闺密凑过来对我说，你们这一次聊天很愉快，因为他居然把自己的"陈年老酿"，都袒露了出来。而且他的两个下属之前还不知道，原来自己的老板有写小说的梦想。

在回成都的路上，我刚好坐在了靠窗的位置。

我在思考，这一程我收获了什么东西。我甚至没想过，这是我人生中的第一场签售会，我应该为此而高兴，而是真实地感到，在跟李总聊天的过程中，我学到了很多，虽然自此以后，我们再也没了任何联系。

我想人与人之间的缘分，有时一面就够了。而聊天的意义，大概就是你能从一个人身上，学到更多优秀的品质，然后学以致用。

我也不知道李总的那三部小说——关于人与外界，人与内心，人与灵魂的三部曲，是否可以如愿写出来，并且成功面世。

但那一句"我活到这个年纪，从来就没有迷茫过"给了我深远的影响，也让我重新思考和反省。

每当你感到迷茫时，其实只要想想你这一生，究竟想要的是什么，想要做成什么事，想要走什么样的路，一切摆在面前的诱惑也好，陷阱也罢，都不会真正难住你。

正如哲学家尼采所说，**一个人知道自己为什么而活，他就可以忍受任何一种生活。**

清醒地面对嫉妒

　　写作四年来，我凭借着日更文的坚持——文章依旧有许多不足之处，但因为长期练笔，有百余篇稿子上了自媒体大平台。比如人民日报、新华社、人民网、光明网、新华网等。

　　通常上稿以后，我很少在朋友圈转发，更不敢表露出多么骄傲和自豪的心态。一则，自知实力欠佳。二则，不想引起他人的嫉妒。

　　但即便如此，依旧有同行但凡见我上稿，就要投诉我违规标原创，虽然每次的审核都证明了我的清白。

　　虽然我也在极力克制自己，尽量不要受这些小事影响，也不要去纠缠，毕竟就如一句话说的，将军赶路，不追小兔。但一而再，再而三，他们乐此不疲，有时也会让我心力交瘁。

　　我曾多次反思，我究竟做错了什么。平时也不跟人结仇，也坦坦荡荡地做人做事，为什么就会招来这样无缘无故的嫉妒呢。

　　可是后来我慢慢地想通了，**当你被嫉妒时，要多从自己身上检讨。**

其一，要么你表现得太过高调，灼伤到了这些嫉妒者的自尊心。毕竟人的本性其实就是会嫉妒比自己过得好的人。

而只有修养好的人，才会真心去祝福别人取得的成绩和荣誉。明知这是人性，还要去挑战人性，就连君子也不立于危墙之下，就更别提你我这样的普通人了。而做人做事，尽量保持低调，利通常大于弊。

其二，你还不够强大。记得有人曾说，一个乞丐，只会嫉妒比他更有钱的乞丐，但他不会嫉妒百万富翁。就如嫉妒你的人通常也是跟你水平不相上下的身边人，他们不会去嫉妒比自己优秀百倍的人。

考不上大学的学生，绝不会去嫉妒考上清华北大的学生，只会嫉妒比他们成绩好一点的同班同学。

而学问稍浅的作者，也只会嫉妒比他层次高一点的作者，但很少有人会去嫉妒诺贝尔文学奖获得者，是不是？

有时，你被嫉妒，说明你真的还不够强大。你的境界和层次越高，嫉妒者就会越少，反而敬佩和尊重你的人，就会越多。

其三，如果总是被这些无足轻重的小事困扰，就证明你的格局还不够大，毕竟大千世界，形形色色的人都有。

你要学会摆正心态，尽量不受外界的干扰和影响。就如佛家所说的戒、定、慧，你越能静心，智慧就越深，也越能从这些烦心琐事中跳脱出来。

记得莎士比亚曾说，你要留心嫉妒啊，那是一个绿眼的妖魔。可见嫉妒的功力，不是一般大，它对你的损害，也是难以想象的。

所以遇到被人嫉妒的情况时，一定要保持清醒、理智和沉稳，多去反思自省，这样远胜过去抱怨别人和外在的环境。

倒着过人生

一直很喜欢一句话，对待人生，你不妨大胆一点，去登一座山，去追一个人，因为无论好歹，你都要失去它。

于很多人而言，都比较忌讳谈有关死亡的话题，它也极少出现在聊天的内容中。

虽然他们都清楚，每个人到最后都是殊途同归，但仿佛不谈它，就会少一分害怕，少一分担忧，少一分恐惧。

其实有时想想，这也是一种逃避的方式，毕竟最终我们都要面对事实。有时你故意去忽略它的存在，反而还会让你产生一种错觉，就是总觉得人生漫长，还有许多时间可以拿来拖延和懈怠，也会让你不够珍惜自己的生命，总把时间浪费在无止境的纠结、懊悔和等待中。

人生中有太多无常，太多一去不复返，甚至太多如果你当下不去努力、不去尝试、不去实现，将来就会抱憾终生的事。

现在的我，开始慢慢学着在做每一个决定和选择时，都要去想想，这件事在十年后、二十年后，乃至我年老时，究竟还重不重要，是不是我依旧在乎、关心和想要的东西。

如果不是，那就要赶快放下，放下那些执着，放下那些不如意，放下那些鸡毛蒜皮的小事。如果是，那么即便遇到再大的困难，也要不畏风雨，拼尽全力去做自己想要做成的事。

这并不是悲观，反而是一种积极的人生态度。它会促使你形成一种无形的紧迫感，让你知道，人生有限，不应该把宝贵的时间浪费在不值得、没必要、无意义的事上。

人的一生，总共有多少天？如果按照 100 岁来算，一年 365 天，则最多能活 36500 天，你学着掐着时间过日子，像活着的最后一天那样去对待你的生命，就会活得十分通透，甚至是较少烦恼。因为你会把所有精力都集中在对你而言真正有意义、有价值、有用的人事物上。

日本有一位年轻的临终关怀护士大津秀一，曾经亲眼看到了 1000 例患者的临终遗憾，总结出了人临终时会后悔的二十五件事，我从中挑出了以下十大遗憾。

第一，没有做自己想做的事。第二，没有实现梦想。第三，大部分时间都用来工作。第四，没有去想去的地方旅行。第五，没有和想见的人见面。第六，没有让孩子结婚。第七，没有注意身体健康。第八，没有戒烟。第九，没有表明自己的真实意愿。第十，没有认清活着的意义。

如果你能算着自己即将离开的那一天，那么即使你在诱惑，在干扰，在诸多障碍面前，也会不顾一切地去追求你的梦想，去创造你想要的生活，以及去过你想要的人生。

如果你能坦然地去接受，每个人都有生老病死的时刻，那么你就会学着去包容、理解和体谅所有人，因为善待了别人，就是善待你自己。有时你看似在跟别人较劲，其实是在跟自己较劲。

如果你能勇敢地承认，人到最后其实什么也留不下，就不会为了那些虚名浮利去争个你死我活，反而能心平气和地去面对所有离开你、背叛你、不属于你的东西。

记得有作家曾说，人来世上是个偶然，而走向死亡是个必然。如果人能时刻对生命怀有一颗敬畏之心，就会格外珍惜你活着的每一天。

如果你知道，今天有过的美好经历，可能一辈子都不会再有了，今天见到的人，可能一辈子也见不到了，今天没去做的事，可能一辈子也做不成了，你会焦虑、慌张和懊悔吗？

学着倒着去思考你的一生，你就会更加认真、虔诚、用心地去对待每一天。

PART 4

烦恼即菩提

每一种优秀 都有一段静默时光

人生有三种选择：放下、忘记和珍惜

每个人，无论处在怎样的年龄，身在怎样的境遇，有着怎样的经历，都会面对许多麻烦和困难。

许多时候，我们之所以会感到烦恼，并非全由外因导致。是我们的心态和状态，决定和影响了我们的情绪。

其实，这个世上并不存在关于幸福生活的万能良方，但如果能选择以下三点，就能过得洒脱和坦然些。

1

第一种选择，放下。

每个人的前半生都在不停地做加法，可到了后半生，我们就要学会不断地做减法。

也许年轻时我们身上扛着很重的担子、承受着很大的压力，为此我们受过很多委屈、吃过很多亏、走过很多弯路，但经过千锤百炼后，我们长了见识、有了经验、增了智慧。此时，我们就要学会跟曾经放不下的一切达成和解。

学会放下一些人，毕竟相识一场是一种缘分，相处一场也是一种注定。既然无缘再重逢，不如学会挥手告别，而不是死死纠缠。放过别人，亦是宽待自己。

学会放下一些事，毕竟无论是错了的还是过去的，都留在了回不去的昨天；无论重要的或者不重要的，都已成了无法改变的事实。既然如此，不如学会将往事清零，轻装前行。

学会放下一段路，此处不通，或许还有别的选择，不必固守在一个走不出的死角心生悲凉，也不必一直待在原地，执意跟自己过不去，也许转个弯、绕个道，就豁然开朗了。

当你学会了如何放下，也就学会了如何重新开始。当你学会了释然，也就学会了如何让自己过得更轻松和简单点。

2

第二种选择，忘记。

人的一生，会有无数的经历，有的成了你心中美好的回忆，有的却成了一道道无法愈合的伤疤。

如果我们将每个人、每件事、每次始末都牢记于心，最终很可能会因为不堪重负而陷入崩溃和绝望。

所以，要学会忘记别人对你的伤害。无论是有心还是无意，对于他人的刁难，过了就过了，不必耿耿于怀，也不必纠结于心。

学会忘记你曾给别人的善待。当你丢掉这种付出感，不去过分苛责时，心里就会平衡许多。

学会忘记那些不愉快的过往。那些无关紧要的人和事、无足轻重的意外，放在心里太久容易藏污、纳垢、生灰，还不如将之抛到脑后。一味计较，只会让自己身心受累。

这辈子，值得我们记住的东西其实有很多。**也许有时我们无法决定自己会有怎样的遭遇，但不把不值得的人和事请进生命里太久，是我们的权利和自由。**

3

第三种选择：珍惜。

有时当我们还在试图挽回不可挽回的、极力想要争取得不到的，却在不知不觉中失去了很多原本拥有的东西。许多人会因此陷入无止境的悔恨中无法自拔。其实，当我们学会了珍惜，也就学会了如何去创造幸福。

　　学会珍惜当下。该努力时，不要偷懒、懈怠和拖延。唯有扎实过好此时此刻，美好的未来才会如期而至。

　　学会珍惜眼前人。多给陪在你身边的人一些理解、关心和在乎，千万不要把最差的脾气都留给最爱你的人，也不要等到失去他们时才想起去挽救和弥补。

　　学会珍惜生命。你永远不知道明天和意外哪一个会先来，活着的每一天都应该感恩。

　　如果一个人学会了珍惜已拥有的一切，就会减少许多贪念，也会减少诸多遗憾，自然就不会活得那么累。

4
·

　　我们面临的许多不快乐，大概都源于我们时常徘徊在坚持和放弃之间，举棋不定、左右为难，所以才会感到困惑和迷茫；我们时常铭记了不该记住的，又忘记了该铭记的，所以才会纠结和悔恨；我们时常在拥有时不够珍惜，在失去时追悔莫及，所以才会有遗憾和叹息。

　　其实人生之路，充满了坎坷和荆棘。而当面对诸多选择时，你要学会去取舍、去判断、去掂量。没有人可以告诉你一劳永逸的捷径，也没有人可以给你照搬能全抄的经验，更没有人可以帮你做出万无一失的抉择。

　　总之，在该放下时，别逞强；在该忘记时，别较劲；在该珍惜时，别任性。

　　活得洒脱一点、从容一点、简单一点，生活就会变得更加美好、澄明和通透。

何为自由

如今许多人都在谈自由。究竟何为自由？

也许它可以被简单地分为物质自由，比如人身、时间和财务上的。其次是精神自由，比如能独处、会思考、有辨别力等。

对日本作家村上春树来说，自由就是忠于自己。他在书里写道：并不是有个人跑来找我，劝我"你跑步吧"，我就沿着马路开始跑步。也没有什么人跑来找我，跟我说"你当小说家吧"，我就开始写小说。突然有一天，我出于喜欢开始写小说。又有一天，我出于喜欢开始在马路上跑步。不拘什么，按照喜欢的方式做喜欢的事，我就是这样生活的。纵然受到别人阻止，遭到恶意非难，我都不曾改变，这样一个人，又能向谁索求什么呢？

对木心先生而言，自由就是不受任何人的打扰，只是雇了一个人，挑着两大箱书，就上了莫干山。一个人读书，写文章，而支撑他全部思想的，就是他贴在书桌上的法国作家福楼拜曾说的一句话：艺术广大已极，足可占有一个人。

　　而三毛的理解是：常常我跟自己说，到底远方是什么东西？然后我听见我自己回答，说远方是你这一生现在最渴望的东西，就是自由。很远很远的，那种像空气一样的自由……从那个时候开始我发觉，我一点一点脱去了束缚我生命的一切不需要的东西。从那个时候，海角天涯，只要我心里想到我就可以去。我的自由终于在这个时候来到了。

　　这些解释，虽然我都觉得十分美好，但是总觉得，这样的生活还是离我太遥远。毕竟我不跑步，也很少有时间和机会周游世界，虽然也想过写小说，但是现在还没正式开始。

　　直到我看到台湾的大学教授曾仕强先生在解读《易经》的视频里提到，**当一个人真正想要做某件事时，他的心中就没有了吉凶，没有成败，没有得失的概念，反正你一辈子都要去干这件事，所以就只管一心一意奔着它去做好了。**

　　当时我听到这句话时，内心仿佛受到了强烈的震撼。因为于我而言，无论这一生是否能够成为我想要成为的那个真正意义上的作家，对文字我始终有一种无法抽离、不顾一切、飞蛾扑火式的爱。所以它仿佛就在阐述真实的我自己。

又隔了一段时间，我在顾城的《一个人应该活得是自己并且干净》里读到：

自由并不是你不知道干什么好，也不是你干什么都可以不坐牢；自由是你清楚无疑你要什么，不装蒜，不矫揉造作，无论什么功利结果，会不会坐牢或者送死，都不在话下了。对惶恐不知道干什么的人来说，自由是不存在的；对瞻前顾后、患得患失的人来说，自由是不可及的。

就是这样一篇看似普通的短文中，我在读它时，内心彻底地释然了，甚至有一种在重压之下，黑暗之底，孤独的荒野中，终于找到了知音的感觉。

于我而言，无论我处在怎样的境遇里，只要有好书读，有文章可写，便觉人生已获得了无上的自由和解脱。

烦恼即菩提

随着年岁渐长，遇到了越来越多的人，也经历了越来越多的事，我才懂得，原来每个人都有其烦恼。自己走不出来，别人也无法帮他走出来，大概这就是每个人所谓性格上的局限和缺陷。

当芸芸众生还被柴米油盐所困，还在为了高昂的房价、结不起的婚、进不起的医院为难时，有钱人也许正为了支离破碎的家庭、巨大的工作压力，以及尔虞我诈的社交圈而苦恼。

如果你不是有钱人，就根本无法体会自己的问题用钱无法解决，是多么难的一件事。

而如果你不是普通人，你也无法感同身受，原来你的问题 90% 都是因为没钱而产生的尴尬和困扰。

记得村上春树在《世界尽头与冷酷仙境》里说，世上存在着不能流泪的悲哀，这种悲哀无法向人解释，即便解释人家也不会理解。它永远一成不变，如无风夜晚的雪花静静沉积在心底。

曾经，我对烦恼有大小、轻重和多少的区分。

后来，我发现原来每一种烦恼，它对人所产生的杀伤力是千差万别的。

比如于承受能力强的人而言，即便遇到天大的困难，也能从容不迫地面对。

于较为脆弱和敏感的人来说，哪怕再小的事，也能让他心烦意乱，甚至彻底失去理智和冷静。

也许有时，我们会感慨，人生为什么如此苦、如此难、如此让人备受折磨？

可是慢慢地你就会顿悟烦恼即菩提的道理。

因为正是这些人生不如意的十之八九，塑造、磨砺和雕刻出了更好的你自己。

而那剩下的一二欢喜事，不过是生活给你的润滑剂，它会让你感到舒适、轻松和安逸，但绝不会让你成长和进步。

所以想要活得更加睿智和通透，就得从你当下实实在在面对的烦恼、困惑和迷茫处开始修行，就得从一件件看似微不足道的小事中，学会认识你自己，改变你自己，最终完善你自己。

在生活中，那些大智慧者所体会到的痛苦，绝对是普通人无法企及的。自然他们的领悟和超脱能力也非常人能及。

而在温室生存，没有经过风吹雨打历练的人，自然经不起哪怕很小的打击和挫折。

这个道理，许多人都懂，但许多人又都不懂。

因为当他们在面对考验时，并没有想过在这个过程中去打磨自己，反而是想要逃避，甚至祈求上天让自己尽快脱离险境。

只有极少部分人不仅希望暴风雨来得更猛烈一些，而且还希望上天能赐予更多的苦难，让自己在此中去挣扎、感受和了悟，从而更有益于自我的锤炼和蜕变。

那么，烦恼究竟从何处能修为菩提？

记得国学大师南怀瑾先生曾提到，真正的修行不在山上，不在庙里。不能脱离社会，不能脱离现实。要在修行中生活，在生活中修行。你的生活环境就是你的道场，你的坛城。

此话朴素、简单，却一语中的。许多时刻，我们不必跑到深山野林，不必与世隔绝，也不必刻意与人群拉开距离。

相反，你要在睡觉、洗衣，乃至一日三餐中，一步一步去平衡、去修正、去规整你自己。

因为人的一生几乎都是受习惯的引导。而习惯的培养，就是从这些小事开始慢慢熏陶、浸染，最终融入你的日常生活中的。

就如《金刚经》中写道：

"如是我闻。一时，佛在舍卫国祇树给孤独园，与大比丘众千二百五十人俱。尔时，世尊食时，著衣持钵，入舍卫大城乞食。于其城中，次第乞已，还至本处。饭食讫，收衣钵，洗足已，敷座而坐。"

此处，没有任何大道理，也没告诉你任何秘诀，甚至你刚读到时，还会怀疑这本经书的真伪。

但只要你静下心来慢慢去体悟，就会发现，原来世上的真理就是如此简单、朴素。

在平凡的生活中，开光、见慧、增智，并不深奥，也不复杂，更无须远求。

如果此刻的你，想要脱离烦恼，想要获得解脱，想要修得一颗宁静之心，就得从令你动怒、让你焦躁、搅乱你思绪的人和事中，去慢慢修正你自己。个中过程，无法省略，也没有捷径，全靠你在一生中慢慢去领悟、反思和践行。

君子之交，其淡如水

曾经看过弘一大师在晚年时写的一首诗：君子之交，其淡如水。执象而求，咫尺千里。

曾经很喜欢它，但始终不明白，为什么君子之交，非要淡？究竟淡到何处，又为何不能浓烈呢？

其实随着年纪的增长，我越来越体会到，朋友也分生活关照型和精神交流型。

前者也许靠得越近越好，但感情也更经不起时间和距离的考验，更多时候，他们不过是想要找个人结伴而行，互相取暖，对抗孤单而已。

而后者却需要保持适度的距离，也许它无法给你及时的安慰和鼓励，但两个人可以超越年龄、身份、地位等的差距，实现心与心之间翻山越岭的沟通和交流。

年轻时，我们都喜欢生活交流型的朋友，但随着年龄的增长，你会越来越发现，有个知心的朋友是多么重要。

因为我们越来越了解，生命的本质就是孤独的，但如果能有一个人懂你的这份孤独，哪怕他帮不了忙，救不了急，哪怕他远在千里之外，也足以让人感到欣慰和满足。

而于两个太过了解彼此的人而言，有时恰恰不会形影不离、聊到彻夜未眠，甚至他们之间需要刻意保持相当的距离，才能让彼此都处于一个相对舒适的位置和角度。

其一，能懂你心的人，就像一面镜子，可以穿透你的身体，望尽你内心的所感、所想、所悟。他们在看你的时候，其实既给你带来了安慰，也让你有些不适。

因为很难有人能勇敢地面对真实的自己。他们自然也很难在可以彻底看穿自己的人面前做到足够坦然和淡然。

这让我想起演员陈道明曾在《话人生》中说道：

我说过我不爱交朋友，其实不然，只是交往方式不同。我不会跟别人甜如蜜，也不会让别人跟我甜如蜜。我觉得人真到掏心窝子的时候，就离分开不远了。有时候有朋友跟我说太多他自己的东西，我会制止他：一、这个跟我没关系，对我来讲是没有用的；二、掌握对方太多的东西，会产生一种"悬空"的情绪，永远在两人之间罩着。

这种距离下不会产生多少美感，到头来只会落得个"不在乎"。

其二，灵魂的交友，是上升到一定高度和层次的，它们会自动与具体琐碎的庸常剥离开来，而双方可以交流的话题，通常涉及一些抽象的感觉、超前的思维及个人的独特价值观。这样的东西，懂的人自然可以心领神会，而不懂的人，无论费多少口舌都是枉然。

其三，每个人都有劣根性，比如总是靠得太近的东西，不懂珍惜，甚至彼此待得时间长了以后，反而会滋生许多矛盾。原本灵魂的交流也是孤独的，没有足够独处的养料和余地，过多地靠近，只会是一种无谓的消耗。而保持适度的距离，既是遵循美学上的规律，也不至于因喜新厌旧而感到疲乏和无趣。

我很喜欢一篇文言文，讲了"雪夜访戴"的故事。

王子猷居山阴，夜大雪，眠觉，开室，命酌酒，四望皎然。因起彷徨，咏左思《招隐》诗。忽忆戴安道。时戴在剡，即便夜乘小船就之。经宿方至，造门不前而返。人问其故，王曰："吾本乘兴而行，兴尽而返，何必见戴？"

最好的友谊，莫过于此。彼此不需要太多的牵绊、束缚和捆绑，不过是乘着兴致前往，兴致已尽，自然返回，不一定非要亲眼见到所谓的老友。

我想，这份来去路途上的随心、坦荡、自由，大概就是对"君子之交，其淡如水"最好的诠释和理解。

人生实苦

    人这一生，都在寻找幸福。虽然每个人想要的幸福不一样，但是渴望获得幸福的心，却是一致的。

    奇怪的是，几乎很少有人觉得自己过得幸福，旁人的生活反而让他们羡慕，甚至是嫉妒。

    曾经我们以为，我们眼里无忧无虑的人都拥有好运和好命。那时，我们心中还有不甘，还有比较，还有怨念。

    可是后来，我们慢慢地释怀了，毕竟我们的出身、家境和遭遇，并非能由我们自己决定。

    大多数时刻，我们都受到命运的摆布和天意的捉弄，有时，你并非不想去改变，而是根本没的选，只能接纳。

    曾经我们以为，人越努力，就可以得到越多的成就；对人越真诚，就可以得到越多的关爱、理解和在乎；人越善良和厚道，就一定会得到越多福报和好运。

可是后来，我们才渐渐地明白，原来在这个世上根本不存在所谓的绝对公平、对等和将心比心，有时你的付出并不能左右结果；有时你对别人的态度，并不能主导别人对你的言行；有时你为人的品行和修养，并不能得到上天相应的眷顾和照顾。

也许此时的你感到十分迷茫、困惑，甚至对人生产生了怀疑。因为无论你如何做，仿佛都与真正的成功、快乐和幸福相差甚远。

其实人的一生都是一场苦修，根本就不存在真正的涅槃、解脱和自由，当然少数的大师和圣人除外。

而知道了人生实苦，不准备去刻意逃避，也不奢望让人生变得轻松些，以一种兵来将挡，水来土掩，时时刻刻准备从容应战的心态去生活，这才是真正成熟了的表现。

往小了说，我们在每个年龄，每个阶段，每段历程中，都会有诸多烦恼、痛苦和不如意。有时我们的全部生活，就是为了对抗命运给予我们的打击、挫败和伤害。

往大了说，人这一辈子，从生下来开始，其实就是向死而生的，毕竟最终每个人都是殊途同归。人都在承受着不同程度的苦和难，但不同的是，有的人即便深陷泥沼，也能将生活过得足够丰富、有趣、无悔亦无憾。

而有的人，却从此一蹶不振，被命运彻底打败、击垮，再也没有了重新站起来的勇气和力量。

记得作家林清玄曾讲过这样一则故事。

　　有一群弟子要出去朝圣。师父拿出一个苦瓜，对弟子们说："随身带着这个苦瓜，记得把它浸泡在每一条你们经过的圣河，并且把它带进你们所朝拜的圣殿，放在圣桌上供养，并朝拜它。"
　　弟子朝圣走过许多圣河圣殿，并依照师父的教言去做。回来以后，他们把苦瓜交给师父，师父叫他们把苦瓜煮熟，当作晚餐。
　　晚餐的时候，师父吃了一口，然后语重心长地说："奇怪呀！泡过这么多圣水，进过这么多圣殿，这苦瓜竟然没有变甜。"弟子听了，好几位立刻开悟了。

林清玄感叹道，这真是一个动人的教化，苦瓜的本质是苦的，不会因圣水圣殿而改变；情爱是苦的，由情爱产生的生命本质也是苦的，这一点即使是修行者也不可能改变，何况是凡夫俗子！

尝过情感与生命的大苦的人，并不能告诉别人失恋是该欢喜的事，因为它就是那么苦，这一个层次是永不会变的。
　　可是不吃苦瓜的人，永远不会知道苦瓜是苦的。一般人只要有吃苦的准备，煮熟了这苦瓜，吃它的时候第一口苦，第二口、第三口就不会那么苦了！
　　对待我们的生命与情爱也是这样的，时时准备受苦，不是期待苦瓜变甜，而是真正认识那苦的滋味，才是有智慧的态度。

　　而正如古罗马哲学家赛内加曾说的，何必为部分人生而哭泣，君不见全部的人生都叫人潸然泪下。

　　其实，没有人的生活是甜的，大多数时候，幸福的人只是身在苦中，还能有自得其乐的心态和状态罢了。

那些打不倒我们的，只会使我们更强大

2016 年的 5 月 11 日，我花了一天的时间一口气读完了海明威的《老人与海》。

这本小说讲述的是一位叫圣地亚哥的渔夫，他已经到了风烛残年，但依旧相信自己可以钓到一条大鱼。于是他一个人在海上，花了整整八十五天，终于钓到了一条身长十八尺，体重一千五百磅的大马林鱼。但最后当他试图将鱼拉回来时，鱼却被鲨鱼给吃了，最后老渔夫回来时，只拖回了一副鱼骨头。

当时看这部小说时，我整个人都被老人这股永不服输的精神所感染和打动了。

尤其是书中的那一句**"那些打不倒我们的，只会使我们更强大"**，更是感染了无数读者。

而海明威也因为这部作品，获得了 1954 年的诺贝尔文学奖，同时这本书也被评为影响历史的百部经典作品之一。

PART 4

但 2019 年的 6 月 28 日，当我第二次看这本书时，除了觉得书中的这位老人很励志外，从字里行间感受最深的就是他身上的孤独，真的非常人能承受和担当。

第一，书里有六处提到，他很想念那个对他很好的小孩马诺林，而每一次无论他在海上遇到了好的风景，还是出现了危急状况，或者感到失望和无助时，第一个反应就是，要是那个孩子在身边就好了。

因为作为一个孤苦伶仃的老人，只有这么一个小孩是全心全意对他好的。

小孩曾经对他说，只要我活着，就不让你空着肚子去打猎。小孩会给他带来黑豆烧米饭、油煎香蕉和炖菜，还会看着他奄奄一息的样子，情不自禁地哭起来。

而当他拼尽全力平安回来，小孩来看他时，他感到，有人可以交谈，而不是自言自语，和大海讲话，是件多么愉快的事情。

可以想见，人类最深的孤独，有时并不是不被人理解，而是身边根本找不到一个想要分享和可以说话的人。

第二，他在海上，总喜欢一个人大声说话。其中"大声"这个词，一直频繁出现。也许你第一次看这本书时，觉得它稀松平常，但用心去体会书里的语言，你就会发现，这个大声，其实更多是源于他在海上一人漂泊时，内心的恐惧之大，孤独感之强。

第三，他喜欢自言自语，并且还要跟身边的鸟、鱼沟通和交流。每当看到这些细节时，不知为何，就感到特别心酸。

> "你多大了？"老人问鸟儿，"是第一次上路？"
>
> "好好休息吧，小鸟，"他说，"然后再出海，像所有男人，或者鸟儿，或者鱼儿那样，试试你的运气。"
>
> "可是你还没有睡过觉，老头儿，"他大声说，"已经半天一夜了，现在又是另外一天了，你还没有睡过觉。要是它还安稳，你就得想个招儿睡一会儿，你不睡觉，脑子就不会清楚。"
>
> "你感觉怎么样，鱼？"他大声问，"我感觉很好，左手好多了，又有够我吃一天一夜的东西。鱼呀，你就拖着船走吧。"

其实看这本书，像极了我自己的写作，因为我就是从 2016 年开始，正式下定了日更文的决心。那时的我，雄心勃勃，有一股可以为写作付出所有的孤勇和毅力。

虽然 3 年后，也就是我第二次看这本书时，我依旧坚持着我的梦想，但是此时的我更能理解海明威和书里老人对于梦想的执着，以及为此所需付出的代价和诸多不容易。

这本书之所以经久不衰，大概就是因为海明威写出了每一个追梦人那份对梦想的坚定信仰、单纯初心，以及为此所承受的压力和痛苦。

其实一旦你选择了追求梦想，也就注定要和孤独共处。也许有时你也会感到寂寞，感到漂泊无依，感到无人理解的心酸和无奈，但既然选择走上这条路，它更多时候，像极了一意孤行，你必须得坚强地走下去，无论前方的困难和荆棘有多少，都无法阻止你前行的脚步。

不得不说，拥有梦想是一件很折磨人的事。因为你抱着明知山有虎，偏向虎山行的决心和偏执，非要去挑战它，以及征服你自己，而我们知道，人最大的对手，其实就是自己。

但同时，拥有梦想的人也很幸福。就像这位老人，人一旦心中燃起了希望，即便到了生命的最后一息，依旧会活得足够热情、丰盛、充满活力。

甚至可以说，**人活着的最大意义，就是为了寻找到你自己想要的生活和模样，以及想实现的梦想，然后为此奋斗终生。**

下一个 3 年，我还会再次阅读这本书。我不祈求我会像那位打鱼的老人一样，可以打到一条梦寐以求的大鱼，但我希望自己永远也不要忘记，当初为什么要出发，以及我最终的方向和目标在哪里。

爱上生命中的每一刻

夏日的午后，我坐在书房写文章。

纯白的纱帘透过几束明晃晃的光。我时而将手停在键盘上，思考斟酌，时而一气呵成，发出急促且有节奏的打字声。而这一切看似苦行僧般的劳作，让我的内心感到无比平静且踏实。

尤其当听到窗外咕咕鸟的鸣叫那么幽远，那么绵长，那么深邃时，我脑海里想到了四个字——岁月静好。

我常在想，虽然自己如今过的日子忙碌一些，但是充实；虽然清淡一些，但是纯粹；虽然朴素一些，但是内心依旧丰富。

曾经的我，总以为艺术、哲学和文艺，才是我们活着的目的和意义。可如今发现，一日三餐的细碎和衣食住行的麻烦，其实也是我们人生中一条曼妙的风景线。

有人说，读书越多，心气越高。可我相反，读书越多，越爱上了每天的点滴日常。

吃饭，吃得足够有滋味；睡觉，睡得足够香甜；甚至连冲几分钟的热水澡，也会觉得，这真是极大的享受和安逸。

其实，当一个人越来越智慧时，内心应该是越来越平静的，同时对生命中的一呼一吸，一花一木，一蔬一饭，都能虔诚地对待。

当你爱上了生命中的每一时、每一刻，甚至是每一个瞬间，然后让自己专注于每一个当下，并能从其中生发出喜悦、平静和笃定之感，就会越来越靠近快乐和幸福。

体谅这个世界

很喜欢看《庄子》这本书，其中有个故事，想跟大家分享。

肩吾向连叔求教："我听了接舆的话，觉得他大话连篇，不着边际，侃侃而谈而离题万里。这让我感到迷惑不解，就好像天上的银河无边无际，他的话跟一般人的言谈差别太大了，真的是太不近情理了。"

连叔问："他说了些什么呢？""他说：'在遥远的姑射山上，住着一位神人，他皮肤洁白如冰雪，体态柔美如处女，他不食五谷，吸清风饮甘露，乘云气驾飞龙，遨游于四海之外。他的神情是那么专注，使得世间万物不受病害，年年五谷丰登。'我认为这是虚妄之言，一点也不可信。"

连叔听了之后说："是呀！没有办法让盲人欣赏花纹和色彩，没有办法让聋子聆听钟鼓的声音。难道只有形体上的聋和盲吗？思想上也有聋和盲啊！你就是这样的人啊！"

虽然这个神话故事描述得夸张了一些，但是我觉得它很好地诠释了人与人之间在沟通、交流和思想上的鸿沟，其实是客观存在的事实。

也许对肩吾而言，他作为一个普普通通的凡人，根本没办法理解那种近乎神的生活方式。

毕竟作为一个正常人，怎么可能不食五谷，吸清风饮甘露，肚子就能饱？

又怎么可能随意驰骋天际，无拘无束、自由自在地肆意生活？

但深度去思考后，你会发现，许多时刻，我们总把自己没有亲眼所见、亲耳所闻、亲身经历过的事情，当作一种绝对的不相信、不可能、不存在。

生而为人，每个人都有自己的局限性。你没见过的人，没做过的事，没去感受过的奇迹，真的有很多。

也许我们无法确定，这个世上究竟有多少奇人异事是我们不曾经历过的，但是人至少要能发自内心地，时刻保持谦卑和包容的心态，去看待万事万物。

比如，有人告诉你，学习是天下最快乐的事，你信吗？也许你不信，因为你不喜欢学习，你觉得它枯燥无味，这一点可以理解。

但你不能完全否定，认为别人说这句话就是矫揉造作，因为你不懂，所以你没有权利和资格，去评论它的对与错。

但这一点说起来容易，做起来又是那么难。因为人很难管住自己的好奇欲，去发现不一样的东西。

也很难做到，淡然地去对待那些跟我们不一样的人，更很难去接受跟我们认知和三观相悖的一切现象和事实。

包括我在内，也无法做到真正对自己不理解的事给予全然的理解和接纳。

但我目前能做的就是，当我的言行和思想不被别人理解时，学着放宽心态，不去做无谓的解释、辩驳和纠缠。

毕竟我自己都做不到理解所有人，又怎么能期盼所有人理解我呢？

当一个人慢慢地学会反求诸己后，胸襟和格局就会渐渐地开阔，从而理解更多外在的人和事。只有从内而外地去了解人生，才能真正做到推己及人地去体谅这个世界。

与君初相识，犹如故人归

一直很钟爱《红楼梦》，因为每读一次，都会有不同的体会和感触。尤其是宝玉和黛玉的情感纠葛，更让人回味无穷。

我时常在想，为什么大观园美女佳人如此之多——比如善解人意的薛宝钗，比如古灵精怪的史湘云，又比如清冷孤傲的妙玉，但宝玉独独钟情于体弱多病，还小气任性的黛玉呢？

有人说，黛玉跟宝玉有共同的志趣，因为只有她不强求宝玉去考取功名；有人说，黛玉的身世让宝玉心生怜悯，所以对她会有几分偏爱；有人说，黛玉非常有才华，所以吸引了本就喜欢风花雪月的宝玉。

但在我看来，宝玉和黛玉之间更多的是一种既定的缘分，并不需要任何说得清、道得明、想得通的理由。

记得有一次，他们几个人撑着船转着游玩，宝玉说："这些破荷叶可恨！怎么还不叫人来拔去？"

这时，黛玉却说："我最不喜欢李义山的诗，只喜他这一句'留得残荷听雨声'。偏你们又不留着残荷了。"宝玉道："果然好句！以后咱们别叫拔去了。"

还有一次宝玉去看望黛玉，发现她在床上躺着，于是忙上来推她道："好妹妹，才吃了饭，又睡觉！"非要把黛玉唤醒。当黛玉见了宝玉后，说道："你且出去逛逛。我前儿闹了一夜，今儿还没有歇过来，浑身酸疼。"

但宝玉依旧央求道："酸疼事小，睡出来的病大，我替你解闷儿，混过困去就好了。"

黛玉合着眼说："我不困，只略歇歇儿。你且别处去闹会子再来。"宝玉推她道："我往哪去呢？见了别人就怪腻的。"

看得出，宝玉对黛玉有足够的深情。但若换一个人，不见得宝玉会如此纵容、娇惯，甚至是依赖她。

真正的爱情，其实就是始于一种莫名其妙的爱。因为爱，所以你能给予对方更多的关心、照顾和体贴。

有人说，喜欢和爱，有一个本质的区别，喜欢是有理由的，比如你喜欢一个人，可以因为她长得漂亮，他有魅力。

但爱一个人，却毫无逻辑可言，就仅仅因为，他是他，她就是她。

而黛玉究竟有什么好，值得宝玉如此情深意重呢？不过因为她恰好是宝玉心中的知己而已。

在现实生活中，我们总是试图去寻找我们中意的人。

但我更愿意相信，对的那个人不是靠你等来的，也不是靠你经营来的，更不是你以为只要你优秀了，就一定会出现的那个真命天子。

爱，更多时刻，就是一种与君初相识，犹如故人归的感觉。

有了这份感觉，自然就随之生发了所谓的心疼、照顾和责任等。但你若把这个顺序弄反了，意义就大不一样。

有一种观点说，缘分尽了，人就散了。

曾经以为，这种说法甚是荒谬，不爱就是不爱，还找什么冠冕堂皇的理由？

可是现在，愈发觉得缘分这个词，真是最微妙、最中庸、最智慧的解答。

因为唯有缘分，可以在深爱时，证明对方的唯一性，也表明自己的真心实意。也只有缘分，可以在不爱时，验证分手的必然性，从而体面地说再见。

用一辈子去领悟

有很长一段时间，我执着于尽快摆脱烦恼，远离痛苦，修得不悲不喜的好心态。

我总在想，如果今天的我能尽早把所有该尝到的苦，该受到的累，该吞咽的委屈，都提早承担了，是不是后半生就会活得更轻松、从容和淡定些。

可是走了很长一段弯路以后，我才发现，**原来人生根本就是一场一辈子的苦修，根本不存在所谓的捷径和弯道超车。**

因为每个阶段、每个年龄、每个状态所面临的困难都不一样，都需要你在真实的环境中，慢慢去打磨和修炼。

而每当我为此感到困惑时，总会想起这样一则故事。

有个小和尚，每天早上负责清扫寺庙院子里的落叶。

清晨起床扫落叶实在是一件苦差事，尤其在秋冬之际，每一次起风时，树叶总随风飞舞落下。

每天早上都需要花费许多时间才能清扫完树叶，这让小和尚头痛不已。他一直想要找个好办法让自己轻松些。

后来有个和尚跟他说：你在明天打扫之前先用力摇树，把落叶通通摇下来，后天就可以不用扫落叶了。

小和尚觉得这是个好办法，于是第二天他起了个大早，使劲猛摇树，这样他就可以把今天跟明天的落叶一次扫干净了。一整天，小和尚都非常开心。

第二天，小和尚到院子里一看，不禁傻眼了。院子里如往日一样还是落叶满地。老和尚走了过来，对小和尚说：傻孩子，无论你今天怎么用力，明天的落叶还是会飘下来。小和尚终于明白了，世上有很多事是无法提前的，唯有认真地活在当下，才是最真实的人生态度。

许多人喜欢预支明天的烦恼，想要早一步解决掉明天的烦恼。明天如果有烦恼，你今天是无法解决的。每一天都有每一天的人生功课要交，努力做好今天的功课才是你应该做的。

但有时，我又会反问自己，那么我如此努力地读书、领悟，千辛万苦地去寻找真理，难道就没有意义吗？

其实我们懂的道理越多，并不代表我们从此以后就不会受到伤害，就彻底没有烦恼，就彻底了断了所有情缘。但凡不是圣人，无论智慧多超群，都有自我的局限和困顿之处。

但在这个修行的过程中，我们的承受能力和抗挫折能力会越来越强，我们越来越懂得从痛苦中咀嚼出人生的真滋味，我们用一辈子的时间，去感受，去领悟，去思考，有时恰恰不是为了避免伤害，躲避磨难，离开所有不开心的人和事。

不过是我们渐渐懂得了，一个人活着的最大意义，不在于最终是否百毒不侵，而是遍体鳞伤以后，仍旧虔诚地爱着这个并不完美的人间。

希望是人间至善

一直很喜欢看一部电影——《肖申克的救赎》，里面的一句话影响了无数人。

希望是件美好的事，也许是世间最美好的东西，而美好的事物永不消逝。

不要忘了，这个世界穿透一切高墙的东西，它就在我们的内心深处，他们无法到达，也接触不到，那就是希望。

电影里的男主角是年轻银行家安迪，因为被误判为谋杀妻子，送往美国的肖申克监狱，终身监禁。

那时监狱里有个因谋杀罪被判无期徒刑的人，叫作瑞德，他是那所监狱里的"权威人物"，因为只要你付得起钱，他就可以给你买来任何你想要的东西，甚至是大麻。

在他们那儿，有个规矩，就是每当有新囚犯来时，他们就会赌谁会在第一个夜晚哭泣。结果当天晚上，同时关进了好几个囚犯，其中也包括看似温文尔雅、弱不禁风的安迪。

原本瑞德以为安迪一定会哭，但最后他居然在整个晚上都毫无动静，并没有一点哭声，为此瑞德输掉了两包烟。

那时，瑞德突然对他另眼相看，因为他很难想象，这个安迪居然能在被误判无期徒刑后还镇定自若，不得不说，这是所有他接触过的刑犯里，从未遇到过的。

如果换作其他人，内心一定是崩溃、绝望的，甚至想过走极端。可当安迪发现自己的申诉毫无用处，也改变不了任何现状时，就决定不再去做无畏的挣扎。因为他从踏进监狱门的那一刻，就抱有逃出去的希望。

虽然他并不确定，这是否可以成功，甚至连这个想法都是异想天开的，但是人无论跌落到怎样的黑暗境地里，只要内心怀有美好的希望，就可以产生一股势不可当的强大力量，支撑着你，无论如何，也要坚强地活下去。

后来他用了整整二十年，每天用瑞德帮他买来的小鹤嘴锄挖洞，然后用一张美女的海报将洞口遮住。而这在当时来看，根本不可能，甚至即便能一直挖下去，也要三百年。

但他仅仅因为内心藏着的希望，就相信自己一定可以做到，而后来他真的做到了。并且通过自己专业的财务知识，帮监狱长洗黑钱，最终又利用监狱长，在一个雷雨交加的"好天气"成功越狱。

其实这看起来像是奇迹，不过一切也在意料之中。因为人当前所过的一切生活，粗略看，仿佛是命运使然的身不由己，其实本质上，都是你本身愿力的结果。

你就是你想要成为的那个人。无论当前的你过得好或坏，其实都是你所有思想结出的或苦或甜的果。

我时常在想，这二十年，安迪难道就没有过想放弃的念头，难道他没怀疑过，自己一辈子也不可能逃出去，难道他没想过万一被发现有出逃的迹象，随时都可能有生命危险？

其实这种种疑惑，我相信也是许多看过这部电影的观众内心曾发出的疑问。

可能你会说，安迪在进入监狱前，高等的教育，良好的出身，优渥的生活，可以使他的内心强大。但这些东西往往会让他更承受不了如今的挫折和打击。毕竟这跟他在监狱里的生活形成了强烈的对比。

可能你会说，他天生心态就好，所以即便遭遇如此不可思议的事，都还能保持基本的体面和镇定。

可这个世界上，谁的心态是天生的呢？况且所有的平和背后，都经历了足够多的狂风暴雨，而在此之前，他一路顺遂，所以这个观点也不成立。

而唯一可以作为合理解释的就是，他内心那个毫无根据的相信，以及宗教般的信仰和永不放弃的信念，让他做成了看似不可能的事，让他恢复了可能一辈子也无法拥有的自由。

因为在一切苦难面前，唯希望可以给人带来绝地求生的能量，也是希望，可以让人超越自己的局限，发挥出难以想象的超能力，更是希望，让这世间发生了许多不可思议的奇迹。

一个人什么都可以失去，但最不能失去的就是看不见，摸不着，触不到，但可以让你蜕变，让你触底反弹，让你重见光明、改变命运的希望。

梦想就像北斗星

　　我每一次出书，都极少为自己做宣传，甚至连在朋友圈发几张图片都觉得难为情。

　　在大多数人眼里，这是过分清高的表现。甚至有时图书公司和编辑都很难理解，为什么我对自己的书都如此不上心，如果想得再多一点，就会以为我对这本书的制作不够满意。

　　其实不想做过多的解释，只是想在这里，袒露一下真实的心声。

　　每一本书，从签订合同，到三审书稿，到申请书号，再到封面的设计，文案的拟订，印刷的过程，无不浸透着作者和图书公司编辑的许多心血。

　　我在出书以前，跟大多数人一样，以为出了人生中的第一本书，一定会非常激动、兴奋，甚至忘乎所以。

　　但真到了自己能实现这个愿望时，我表现得非常平静，甚至羞于让别人看到。

有人说，过度的谦虚，就是虚伪的炫耀。但有时，过度的谦虚，也可能是因为知道自己实力不足，所以不敢骄傲。

迄今为止，我总共出了 4 本书，但没有任何一本能让我有迫不及待想要公之于众，渴望得到别人认可的感觉。

首先，这并非说明，我在整个过程中不够认真、专注、用心。只是我不喜欢卖惨，因为所谓的吃苦、受累，甚至遇到的挫折和打击，都是我应当承受的，这并没有什么好抱怨的。选择我所承担的，承担我所选择的，一直是我的人生信条。

其次，每一本书在上市以前，至少需要作者提前半年就交稿。而当它完整地呈现在读者眼前时，其实对我而言就已经是个过去式。

因为我在完成最后的思考、誊写和校对以后，仿佛这件事就彻底结束，跟我再无任何关系。

就像工人搬砖一样，搬完了一块，还要接着搬下一块，有一种永无止境的意念和决心。

并且我特别享受"在路上"，而非驻足在原地的感觉。大多数时候，你以为自己在乎的是最后的终点，其实它不过是一个指引和导向，而不断攀登和超越自己的极限，才是你奋斗的全部意义。

记得我曾看过一个广告，就是很多朋友一起去爬一座很高的山，他们爬得很辛苦，很累，但最终他们咬牙坚持，爬上了顶峰。

PART 4

按道理而言，他们应该庆祝，其中有人说，耶，我们到啦，我们到达顶峰啦，两秒钟以后，其中两人互相看了看彼此说，那么，我们下山吧。

当一个人把人生的终极目标放在梦想本身，而不是梦想的终点时，无论最终的结果如何，他都会活得十分幸福。

因为成功必然是短暂的瞬间，而大多数时刻，你如果能享受在每一个当下奋斗的过程，就不会心有不甘，不会太过执着，也不会刻意去强求，而是修得一颗平常心，不至于让自己受到不必要的桎梏和束缚。

最后，每一次出书，我更在乎的不是它的销量如何，读者对它的评价如何，以及它可能会给我带来多少实际的好处和利益，我更在乎的是，自己在其中是否有成长，是自己对自己的认可。这看似简单，但对真正有追求的人而言，这相当难做到。同时，它也是最好的一个评价体系。**因为当你有了自知之明，时刻保持头脑的清醒，就能近乎准确地知道，自己的水平和能力究竟如何。**

为此，你就不那么容易受外界的干扰，也不会因为别人的吹捧和赞扬而变得浮躁，当然也不会因为别人的批评而让自己彻底失去信心。

其实梦想就像北斗星，你永远够不着，但你只要追着它，安安静静地往前走，在这个过程中，就会得到想要的一切。

戒定生慧，少欲净心

今年端午放假，回到老家镇上吃酒碗。

不知为何，每一次回到农村，我的内心都油然生发出一股踏实和心安的感觉，仿佛在外多年的游子终于回到了故乡那般亲切和自然，同时也有一丝淡淡的忧伤。

突然联想到贺知章写的那首《回乡偶书》："少小离家老大回，乡音无改鬓毛衰。儿童相见不相识，笑问客从何处来。"

作为土生土长的农村孩子，虽然我也不做农活，甚至很多种在地里的庄稼也都不认识——不怕笑话地说，至今我连麦子和谷子都分不清——但这丝毫不能斩断我对这片土地最深沉的爱。

有人说，人要上了年纪，才有落叶归根的感觉。但我在还算年轻的现在，就提前有了这般的心境。我认为这算不得一种悲观的老成，而是对生活有一种独属于自己的理解和觉悟吧。

有时，我时常问自己，既然这么喜欢这片土地，为什么没有想过回到此处，依旧每日奔波在人潮涌动的大都市，依旧要马不停蹄地去做我想要干成的事，依旧无法容忍自己彻底放松下来，真正去过毫无压力的田园小生活？

其实于我而言，这根本不冲突。在精神上，我需要不断的求知带给我的快乐，在大城市我所遇见的人，经过的事，甚至学到的东西，显然是更丰富的。

在生活上，我喜欢尽量简单，简单到不需要花费我太多心思，牵扯我太多的精力，于是只要我保持内心的清明、澄澈和纯净，哪怕处在钩心斗角、水深火热、你争我夺的繁杂世界，依旧可以活得从容且自在。

其实从这个角度来看，我依旧没有脱离自己的本心，不过是把想要待在农村的那份恬静心态，放在了平日忙碌的工作和生活中。

就如有句话说的，大隐隐于朝，中隐隐于市，小隐隐于野。我没能力隐于朝，也不想隐于野，待在这不算完美但十分值得的鲜活人间，我觉得十分快乐和满足。

其实人只要知道自己真正想要什么，想要过怎样的人生，想要实现怎样的人生价值，就会活得越来越明白。

从此以后，你的烦恼会越来越少。因为一旦你心中有了方向和目标，许多干扰和妨碍于你而言，就失去了所有功力。

你的犹豫也会越来越少。因为人只有在不知道自己想要什么时，才会受到诱惑的摆布和左右，不是吗？

你的患得患失，也会越来越少。因为你知道对自己最重要的是什么，自然就能放弃不那么重要的东西，从此以后，所有选择和决定，就会变得越来越简单明了。

其实，戒定，就能生慧。少欲，即能净心。一旦达到这样的境界，人就会感到幸福。

因为感恩，因为知足，也因为真正理解了自己，所以内心充溢着的全是美好的人、事、物，仿佛瀑布一样的水流源源不断地从心中涌出，忍不住对每一天，每一时，每一分钟，都致以最真诚的谢意。除了更加爱我的生活，爱我的工作，爱我所爱的人，就再也找不到任何怨它、恨它、糟蹋它的理由。

安慰

跟编辑聊天，他跟我提起一件工作上的烦心事。

起因是别人让他帮一个忙，这个忙在我看来，不只是不能帮，而且连拒绝都要干脆利落，并不需要迂回婉转，顾左右而言他。

说到这儿，编辑很激动。

他说，我就是不懂拒绝别人，很多人也都跟我提到，我也知道自己有这个缺点，并且经常为此而拖累自己，就是没办法去改变。

原本，他以为我会告诉他如何去拒绝别人。我却告诉他，没关系，这至少证明你的心很善，而善良的人一定不会吃亏。

他很好奇地反问道，但我现在就在吃亏啊。我说，这只是眼前的小亏，长久来看，不会吃大亏。

他突然像是松了一口气般地说，真的吗？我用很平静的语气告诉他，真的。那一刻，我能感受到他那发自内心的愉快，如释重负。

其实我之所以没给他讲道理，是因为我知道，我们每个人的性格中都有难以克服的缺点。

况且这个世上也没有绝对错误的缺点，因为换个角度看，有时缺点也是一种优点。

再者，有时别人向你袒露心声，并不是为了让你去指责和训斥，因为从某种意义上来说，他们比你更清楚自己的问题在哪里。他们仅仅需要你给一些勇气和鼓励，去坦诚地面对不够完美的自己。

过马路这件小事

　　每个周五，我都会利用午休时间，从上班的地方徒步到省图书馆借书。这个习惯保持了近五年，几乎是风雨无阻，从未有过间断。

　　通常我一只手提着一个装书的袋子，一只手撑着一把遮阳伞，一路听着空灵的音乐，迈着轻快的步子，就这样不厌其烦、不知疲倦地来回穿梭在同一条路上。

　　有时，我如契诃夫笔下的套中人，自己跟自己进行对话、交流，又或者是感受不言不语的安静、轻松和快乐。

　　每当走到一处人行道，我总像个傻子一般，非要等到绿灯时才走过去。有时候周围的人群在红灯时就蜂拥而上，可能有时我正在思考问题，但看着大家都走了，我也会条件反射般跟着往前走。

　　可是走了一两步，我发现不对，又立马退回去。

　　甚至有时刚往后退时，红灯就转为了绿灯，而我退后的动作在别人看来，简直是多余，甚至是思维僵硬，不懂变通。

　　刚开始，我很在意人群里投来异样的眼光，也害怕被人嘲笑为傻子或呆子。但后来，我越来越坚持自己的原则和底线，哪怕是过马路，也做到绝不成为"中国式过马路"的一员。

　　其实如此做并非为了彰显自己有多么特立独行，也不是为了标榜自己是个遵纪守法的公民。我仅仅是为了守护自己内心的原则和底线，别人是否认可，是否理解，是否支持，我不在乎。我只在意我的一言一行、一举一动，哪怕是过马路这等小事，是否遵守了规范。

　　有这样一则故事，每当我的选择和决定跟大众和世俗的标准格格不入，甚至出现严重冲突时，就会想起它，以此激励和鼓励自己。

　　元代大学者许衡一日外出，因为天气炎热，口渴难耐。正好路边有一棵梨树，行人们纷纷去摘梨解渴，只有许衡一个人不为所动。

　　这时候有人就问他："为什么你不摘梨呢？"他说："不是自己的梨，怎么可以随便乱摘呢？"那人就笑他迂腐："世道这么乱，管它是谁的梨。"他说："梨虽无主，我心有主。"

　　其实在现实生活中，人很容易受到周围环境的影响，也很难抵御赤裸裸的诱惑。

　　当你发现，周围的人在走捷径、抄近道、动歪脑子时，你可能会对自己的原则和底线产生怀疑，你会问自己，为什么别人都可以这样做，而偏偏你不可以呢？

有许多时刻，我们要遵循的道德标准，不是以别人的言行为基准，而是你自己能做到问心无愧。

正如康德在《实践理性批判》中所说："有两种东西，我对它们的思考越是深沉和持久，它们在我心灵中唤起的惊奇和敬畏就会日新月异，不断增长，这就是我头上的星空和心中的道德定律。"

但可悲的是，许多人在过马路这件事上，都做不到自持，做不到自戒，都抵不住随波逐流，又如何能做到身不被物役，心不被金迷，光明磊落地去做好一个堂堂正正、坦坦荡荡、清清白白的人呢？

PART 5

书房，
也是远方

每一种优秀　都有一段静默时光

我们为什么要读书？

1

我一直有每天看书的习惯，即便工作再忙，也仍然坚持着。比如在地铁拥挤嘈杂的环境中，我掏出一本书看，就像肩上卸下一个大包袱。在书籍的世界里，我的心灵获得了放松。

于我而言，看书的行为很单纯。你不需要跟谁打招呼，说不必要的客套话，你只管直来直去，看想看的内容，学想学的东西。你可以随时打开它，与它对话交流，也可以随时关闭它，与它分开或隔离。

你去看它时，它是欢迎你的。你走时，它也不会挽留。知识的大门，随时向你敞开，而你却可以来去自由，不必顾虑太多。

曾听过这样一种说法："读书好比'隐身'的串门儿。要想见钦佩的老师或拜谒有名的学者，不必事前打招呼，也不怕搅扰主人。翻开书皮就闯进大门，翻过几页就登堂入室；而且可以经常去，时刻去，如果不得要领，还可以不辞而别，或者干脆另找高明，和他对质。"

我们为人处世有太多需要周全的地方，而读书这件事不仅可以增长见识、拓宽视野、打开思维，更重要的是，在整个过程中我们可以随心所欲、无拘无束、毫无压力。

2

有位读者说，她在异地打工，生活过得有些艰辛。每到节假日，许多同事都去四处旅行，见识新鲜的人、事、物，领略异国的风土民情，而她为了省钱，只得蜗居在出租房。为此她总是很羡慕别人，也为自己的窘迫感到沮丧。

可是后来，她爱上了读书。书里有另一个更辽阔的天地，即便足不出户，也可以借助别人的经历，通过别人的视角，跟着别人的脚步，去跋山涉水，去行路蹚河，去感受李白诗里的"庐山秀出南斗傍，屏风九叠云锦张"；去审时度势，去识人辨事，去体悟《红楼梦》里的那句"世事洞明皆学问，人情练达即文章"。

在书里，她仿佛长了翅膀，可以自由翱翔，穿越在不同的时间和空间，去阅览历史、预想未来。而这一切，都无须大费周章。

也许你特别想要走出去看看诗和远方，可是眼下时间不充裕、金钱不充足，或者有许多事缠着你，让你无法脱身。**那就多读书吧，这是成本最低的旅行。你可以通过看书，走到天下的各个角落，结交不同的伟人名家。只要打开书，就随时打开了一个崭新的世界。**

3
.

我一个朋友在小县城安家，已结婚生子，终日与锅碗瓢盆相伴。虽过的是普通人的生活，看书这个爱好却始终未变。

刚开始许多人都投来嘲笑的目光，甚至有人觉得她装。因为读书多，好像也没有让她表现出特别的优势。

但她自己知道，因为读书，她的虚荣心变少了，她很少因为跟别人攀比而嫉妒或自卑；因为读书，她变得更低调了，她以前特别喜欢炫耀，现在却很少显摆卖弄；因为读书，她的心态更乐观、状态更积极了，她以前遇事易慌张、斤斤计较，现在学会了大度和淡定。

就算最终跌入烦琐，同样的工作，却有不一样的心境；同样的家庭，却有不一样的情调；同样的后代，却有不一样的素养。读书，就是让不一样发生的变量。**某种意义上说，读书就是为了让我们尽量摆脱平庸。**

虽然生活朴素，但是我们内心丰富；即使深陷泥泞，也依然可以仰望星空。

4
.

成年后，我们读书或许有了更多功利性。刚开始读书时，我也是为写文章积累素材，可后来发现自己越来越离不开书。

在这里，我可以感受到纯粹的快乐。书籍就像我的知己、导师，当我迷茫、焦躁、不知所措时，它给我指明方向，可以安抚我、引领我、激励我。

在这里，我可以认识和探索世界。眼睛看不到的，读书可以；脚步不能丈量的，读书可以；身体无法抵达的，读书也可以。哪怕我们活在方寸之地，依旧可以拥有大境界和大格局。

在这里，我们可以见天地、见众生、见自己，即便身处柴米油盐中，也不会被细碎和庸常的生活捆绑。我们会变得越来越通达坦荡，不偏执、不世故。

我们为什么要读书？大概就是为了遇见更好的自己，成为一个有温度、懂情趣、会思考的人吧。

书房，也是远方

　　我的卧室里，有一间单独的小书房，其实就是一个四周由透明窗户围成的小阳台。

　　当初买房时，我一眼就相中了它，那时我就在想，这一定是我写作和读书最好的地方。

　　两年后，我装修新家。因为选用了欧式风格，所以我在有窗户的地方都用木头做了一圈栏杆扶手。

　　小书房里，物品陈设并不多，仅仅是一张书桌，一个凳子，一个开放的小书架，因为家具和地板都统一用了红色的色调，虽然看起来较简约，但是整体还算协调。

　　书桌左上方，摆放着我的一张照片——雨天，我撑着一把白伞，低头浅笑，因为心中藏有美好的愿力和希望。

　　照片旁边，摆放了一个天青色的瓷瓶，瓷瓶上是一只金鱼，在开了一朵粉红色荷花的水里仰头呼吸吐泡。在细长的瓶颈里，随意插了几片带根的绿萝叶子。

而在书桌右上方，我摆放了一个油画的日历，草地上盛开的大朵红玫瑰，少女发髻上的珠花玉簪，以及白色的芭蕾舞裙，让一切看起来既如此安静，又如此妥帖。

书房里，窗帘的底色是绣有素色野花的白纱，而主帘则选用了水蓝色的遮光布。

平日里我喜欢只拉一层薄薄的白纱，将主帘打结绾起。然后推开三面的窗户，让微风轻轻吹起窗帘，此时，房间里也瞬间多了一分灵动和飘逸。

下午时分，几缕阳光透过白色的纱，落在有不规则纹路的地板上，将纱帘上素色的小花朵映衬得格外纯美和安静。

在书桌上随意放置的几本名著书籍，此时仿佛能够穿越百年的光阴，让人有一种想要静坐下来的冲动，然后好好与书里的人物、情景和细节，预演一次久别重逢的偶遇。

偶尔看书累了，我会轻轻掀开一点白纱，抬头仰望天空，湛蓝的天空中，飘着几朵慵懒的白云，楼下鸟雀的鸣叫和树枝的浮动，让人有一种岁月静好、人间值得、不负此生的美好感动。

其实相比在大书房奋笔疾书，我更喜欢小书房的静谧。人一旦坐下来，就会减少许多压力，给人以身心的舒缓和调节。

我时常在想，我所有的努力，大概就是拥有这么一间小书房，

它既是我的人间天堂，也是我的世外桃源，更是我冥想思考的一处净土。

此生，我愿将所有闲暇的时光，都倾注于此，去读爱读的书，去写想写的文章，去寻找庸常世俗外，还没有泯灭的诗意、远方和家乡。

艺术

不知你是否发现了，但凡喜欢艺术的人，无论是画家、作家，还是音乐家，他们的性格里仿佛都存在一种异于常人的偏执。

或较孤独，或不善言语，又或者有社交恐惧症，总之，他们需要艺术，跟人需要一日三餐般不可或缺。

那么，艺术究竟能给人什么东西，能让凡·高为之疯狂，能让海明威为之了断生命，能让贝多芬燃起全部的生活希望？

也许聊起别人，还会出现无法感同身受的差异。但如果从自身去观照，就能很好地解答这个问题。

我喜欢文学，为它，我付出了我生命当中几乎全部的深情。我不知道自己为什么如此痴迷，但只要跟它待在一起，我整个人的状态都是放松的，自由的，甚至有一种莫名的心安。

也许跟人在一起，你会为了周全许多东西，而显得拘束、紧张，或者要去说许多不想说的话，去做许多不想做的事。

甚至你明知这是阿谀奉承，这是虚情假意，这是客套礼貌，但你逃不掉，无论你活得多么有仙气，你的肉身毕竟还在这烟火人间。

但跟我喜欢的《红楼梦》在一起，我就能放下所有的戒备，去大观园里参悟人生，就能感受到，宝玉和黛玉初次见面时那种似曾相识般的久别重逢。

我就能和喜欢的陈忠实在一起，在《白鹿原》里，当一次镇定沉着的白嘉轩，也去白鹿书院，当一次朱先生的学生，又或者像白灵一样，勇敢地去挣脱封建社会对女子的偏见和捆绑。

我就能走进雨果的《悲惨世界》，成为警长沙威，去思考和体验，当职业信仰和个人恩怨出现严重冲突时，我究竟该怎么办。去到角色和书本里，去告诉冉·阿让，是他让我相信，这个世上有比海洋和天空更宽广的，人的胸襟。

如此看来，我热爱文学，大概就是为了短暂地逃离现实。

但与其他逃离现实的方式不同的是，读书、写作、思考，会让你在避开世俗的纷繁芜杂外，依然能看清生命的本质，从而更加冷静、理性、睿智地对待你的人生。

它是给了你一个情感的温床，让你相信这个世界足够温暖、美好、充满爱意。

同时，它也会给你泼一盆冷水，让你清醒地意识到现实和理想之间，永远都存在无法逾越的鸿沟。

最后，你依旧能在理性和感性的交织中，重新审视真实和想象中的人生，然后以饱满的热情，乐观阳光地活在这个并不算完美的人间，这就是文学，乃至艺术的魅力所在。

我总在想，艺术其实从来都不能美化人生，无论你在文字里找到了多少深情厚谊，也无论你在音符的跳动中，受到了怎样的心灵震撼，又或者你在山水油墨中，活得多么惬意和悠闲。最终当你从艺术中跳脱出来时，你还是会发现，人生实苦啊。

正是因为它苦，所以你要努力去找到一种安慰，而艺术就是精神世界给予你最宝贵、最丰厚、最有趣的财富。

艺术也不能区别人与人之间表面的相似，因为无论你的灵魂多么高贵，对普通人来说，依旧会用最肤浅的美丑标准，去评判和看待自以为与众不同的你。

就如台湾作家林清玄曾讲到的，他从山中修行归来，以为自己看起来会特别有禅意，又或者有佛像的气质，但当他走在路上，居然有人误以为他就是卖水果的小摊贩。

也许你可以通过自身的修行，让心灵变得更美。但你很难让自己的容貌同时也产生巨大的变化。

艺术不会改造你鼻梁的高度，眼角的宽度，额头的饱满度，它唯一可以改变的，就是你与其他人在精神层次和境界上的本质不同。

如果读书让你快乐，这就够了

1

  这是我第三次在省图书馆偶遇这位老人。他的背有些佝偻，人也显得矮小，但精气神儿十足，丝毫不输年轻人。虽然他根本不认识我，但是我对他的印象却是极深的。

  记得第一次见到他时，他戴着一副大框老花镜，坐在图书架旁边，手里拿着一本摊开的书。书页随微风微微翻动，他的头不停地往下点。

  当时我刚好经过，想他可能是看书看累了。十来分钟以后，他突然像惊醒一般，揉揉眼睛又继续拿起书认认真真地阅读起来。

  第二次，是他来借书时工作人员告诉他，图书馆有规定，阅览区域可以喝水，但借书的地方不可以带茶杯进来。他想了几十秒，慢慢走到借书区域以外，把茶杯放在地上后再进来借书。

这一次，他来找工作人员求助。他说自己坐公交车从老远处赶来还书，但来了才发现忘带书了。他的表情十分无辜，像极了一个做错事的小孩。

这一幕真让我感动。读书大概是一件有趣味、有魅力、又令人愉快的事吧，它能让一个白发苍苍的老人有如此强大的动力，乐此不疲地去求知。

2

我有个朋友，每次出差，无论在外逗留多久，都会在行李中放上几本书。

他有个原则：除了必要的应酬，尽量推掉饭局和不必要的聚会。他把自己关在酒店的房间里，痴迷地阅读侦探小说、名人传记和经典名著。

有一次我问他，为什么那么喜欢读书，甚至为它放弃了在许多人看来可以扩展人脉的好机会。

他淡淡地说："平时工作很忙、很累，甚至跟许多人打交道也是不得已，读书能让我找回自己。"

唯有在读书时，时间和空间才是真正属于你自己的。彼时，你取悦的是你自己。你可以在书里自由地选择跟你感兴趣的人交流，探索你好奇的事，甚至敲开一扇又一扇知识的大门。

许多时候，我们喜欢读书，除了它可以让我们博学多才、知书达理，还因为它可以在我们疲惫、倦怠又紧绷的生活中，给予我们精神的滋养、润泽和宽慰。

3

总有读者问我：为什么喜欢读书？

刚开始我会说上一大堆，比如开茅塞、除偏见、得新知、增学问、广见识、养灵性等等。后来，我的回答越来越简单，它是纯粹又发自内心的——**读书让我快乐。**

这样的快乐，并非它给予我什么实际的好处，而是它能给我心灵上的放松和解脱。

当我焦躁不安时，见缝插针地看几页书，就能获得精神上的能量。当我感到压抑时，走进书籍的海洋，专注其中，就能屏蔽许多烦恼和忧愁。当我迷失方向时，到书里聆听先贤的智慧，就会找到心中的远方。

于我而言，书籍有时是一个无形的良师益友。和它交流思想，它会为我答疑解惑，会不断地提醒、告诫和鼓励我。

有时，我不是在读书，而是在读自己。因为读得越多，我就越清楚自己想成为什么样的人，想要做成什么样的事，想要过上怎样的人生。

4

其实，哪怕只是让你快乐，书也值得你为它克服困难，静下心来好好品读和欣赏。

如今，许多人都深知读书的必要性，但总是以忙、没空为借口拒绝阅读，甚至把读书看作一件枯燥、单调、痛苦的事。可如果你愿意自律，走出舒适区，放下畏难情绪，就会从书中了解到从未踏足过的世界，认识从未接触过的人，甚至是连你都感到陌生的自己。

有人说，阅读是一个随身携带的避难所。在这里，你可以逃离世俗的桎梏；在这里，你可以不必理会让你感到为难和无奈的人与事；在这里，你可以活得更洒脱、澄澈和明亮。

听过这样一段话："如果你半夜醒来，发现自己很长时间没读书，并且没有任何负罪感时，你必须知道你已经堕落了。并非书本本身有多了不起，而是读书意味着你还没有完全认同这个现世和现实，你还有追求，你还在奋斗，你还在寻找另外一种可能。"

当你感知到了读书的快乐，你就会爱上它，并且养成终生阅读的习惯！

世间一切，都是久别重逢

看《红楼梦》第三回时，突然发现，如今很流行的一句话"世间一切，都是久别重逢"，原来最早应该是出自此处。

黛玉初见宝玉时，便大吃一惊，心中想道："好生奇怪，倒像在哪里见过，何等眼熟！"

而宝玉看见她以后，也笑着说："这个妹妹，我曾见过的。"贾母立马反驳道："又胡说了，你何曾见过？"宝玉又回："虽没见过，却看着面善，心里倒像是旧相认识，恍若远别重逢的一般。"

由此可见，宝玉和黛玉之间的缘分，在认识以前其实就已经注定了。

有时，我常会思考一个问题，就是当我们遇见一个人时，你有没有想过，为什么偏偏就是他／她？

其实在茫茫人海，你遇见的每一个人，都是该出现在你生命中的人。无论你是否喜欢、在乎或者厌恶。

甚至有的人，当你看见他的第一眼时，就感觉到了分开时的难受和不舍得。而这样的情况，一生中不超过三次。

很多时刻，你以为很平淡的相遇，其实在你的一生中，都有着很重要的意义。

你以为还会再见面，殊不知，见到的那一面，其实就是最后一面。你以为还能找到像他那样的人，最终你寻寻觅觅，再也找不到相似的类型和感情。

有的人，不过是跟你萍水相逢；有的人，只是跟你擦肩而过；有的人，只是跟你有一面之缘，然后就与你分道扬镳，咫尺天涯，山水不相逢；而有的人，来过，爱过，最后都错过。

我们很难阻挡，缘分的离开，也很难求得，缘分的到来。大多数时刻，有些人，该你遇到时，无论如何你也逃不掉。而有些人，不该你遇到时，无论你如何强求，也终归见不到。

而更残酷的是，就在你以为后会还有期时，你还有许多心里话，想要对他说时，你还有很多"预谋已久"的情愫，想要对他表达时，其实两个人早已成了两条再也无法相交的平行线。

每当这时，你除了无限感慨"怨只怨人在风中，聚散都不由我"，就是无限地懊悔，因为如果早知道结局如此，你就不该给自己留下这么多的遗憾。

但人生往往如此，你永远也不知道，所谓的缘分，何时来，何时走；你也永远不知道，它是对的，还是错的；你更不知道，自己是否有争取和挽留的必要。

大多数时刻，你就只能接受，接受它的聚散无常，也接受它的去留随意，更要接受它的不告而别和悄然消逝。

但凡你明白了这点道理，就更应该珍惜当下所遇见的每一个人，对从此以后离开你的所有人也要释怀。

因为缘分这东西，从本质上说，其实是不可以被经营的。有人说，天下万物的来去都有它的时间。

它来时，你接受它。它走时，你也接受它。

遇见了，就该珍惜，就该感恩，就该心怀敬意。错过了，就该放手，就该释怀。保持一颗平常心，去接纳和面对人生中所有的相遇和别离。

我的天空是灰色的

不知自己是从哪一刻开始，迷上了抬头看天空。

也许就是在这个初夏的某一天，我在上班的路上，无意间偶遇了淡若脂粉的朝霞，又或是某一天下班的路上，我遇见了夕阳晕染下的暮色金光。

总之，它们使我感到震撼，心灵也在某一个瞬间受到了美的滋养和润泽。

我总在想，当一个人喜欢上大自然时，或许就是心智逐渐成熟的标志。从前追求绚烂的人间烟火，可等到了一定年纪，才发现，天地有大美而不言，原来是此番道理。

毕竟，自然即是美，它无须刻意的雕饰，无须人为的雕琢，即便它保持沉默，不说话，而美就在那里，不增不减，不垢不净，不生不灭。

如果你从未认真、用心、专注地观察过天空，你大概从未发现，它究竟有多美。虽然天空中时常出现诸多色调，但是它的每一种颜色，都极其纯粹。

湛蓝色，就像遥远山边的海；橙黄色，让人想起枫叶飘落的秋；淡青色，总让人怀念炊烟缭绕时，奶奶在灶前给我温的那一碗蔬菜粥。

大概做人就应该如此，天真地笑，伤心地哭，喜欢就努力去争取，不喜欢也不必勉强，多好呀。

每当我仰望天空时，心中就会生发出一股犹如面对神明般的虔诚和坦率，此时，天空就好像是我自己，我不断地拷问它，你的心灵，是否保持了足够的清澈？你的灵魂，是否足够笃定和踏实？你又是否一直记得，自己想要成为怎样的人，想要过怎样的生活，以及拥有怎样的一生？

天空的美，其实是瞬息万变的。

有时，它碧空如洗，几片脆薄的云，像是被太阳晒化了般，随着微风轻轻地摇曳、飘浮、流转。

有时，它热如火焰，赤白的光照射着大地，让人渴望靠近，但又不敢直视，更无法触碰。

有时，它静如山岚，仅仅是蓝天衬白云，没有多余的点缀，就让人领略到了简单、大气、古朴的美。

而我们的人生亦如此，正因为那些不一样的人，不同的风景，无法复制的经历，才让我们勾勒出了生命的丰富、有趣和完整。

曾经以为，世界上有很多东西是永恒的，不变的，坚固的。

可后来发现，变，才是人生的常态，也是一种必然的宿命和结局。也正因为变，让美的东西如此易逝，也如此扣人心弦，让人怀念。

而在众多的天空景色中，我尤其喜欢夏日暴雨来临前，天空中笼罩着的层层叠叠的灰，它细腻、柔软、薄如蝉翼，在灰白的天空中，慢慢弥散开来，像极了一幅素净淡雅的中国水墨画。

喜欢它，大概是源于骨子里的冷清。

不喜欢热闹，因为孤独是生命的本质；也不喜欢靠近，因为距离才能产生适当的美；更不喜欢去争芳，因为朴素本身就是一种美的表达。

有一句话说，我的天空是灰色的。仿佛灰色，代表暗淡、无光、消沉。其实只要心中有美，灰亦是一种高级色。

运气·美感·惋惜

1

运气。

如今越来越不相信一个词——运气。

早年间，面对别人的成功，我脑海里总会不自觉地联想到这两个字——运气，虽然知道别人背后也一定有所付出和耕耘，但是总免不了要给自己一些冠冕堂皇的退路。

可越是年长越发现，运气几乎掩盖了优秀者的全部努力，同时也掩盖了许多平庸者骨子里的颓废和懒散。

因为我们完全可以用运气轻描淡写地为自己开脱，也可以用运气理直气壮地去蔑视那些比你强大的人。

可奇怪的是，越是成功的人，越会告诉你，他们只是运气好，或者赶上了时代的潮流，或者正站在风口上，或者有贵人的扶持，等等。

而越是失败者，越会抱怨自己运气不好，他们给自己找的理由是，遇人不淑，没赶上好时机，又或者正好错过表现的机会，等等。

如果一个人站在山顶处，只是片刻，只是瞬间，我相信，他或许凭借的是运气。可若一个人拿得出过硬的本事和能力，并且还能一直站在山顶，甚至还在不断往上攀登，那靠的一定不只是运气。

记得我曾看过有关香港首富李嘉诚的一个纪录片。

他曾说，1981年，香港电台选风云人物时问我，李先生，你今天的成功，与运气有多大关系？

他回答说，我不能否认时势造英雄。而几十年后，他重提这件事时说道，今日我再坦白一点说，我创业初期，几乎百分之百不靠运气。是靠工作，靠辛苦……

2

美感。

同样去一个地方，同样去看一处风景，可不同的人用相同的相机，拍出来的景色却大相径庭。

有的人不仅没拍出大自然蕴藏的美，还无意中拉低了风景的层次，最终还不停地懊悔舟车劳顿，白来了这一趟。

有的人不仅展现出了大自然的美，甚至还发现了它特有的魅力和吸引力，在临走时，还能坦荡地说不虚此行。

同样是拍照，看似角度不同，观察不同，其实是各自心中对美的感知和领略有所不同。

美学大师朱光潜先生认为，**美是个人性格和情趣的返照。**

美感经验其实是形象的直觉，形象属于肉眼所见的相同物，而直觉却属于每一个个体内在的"我"。

因此这就很好地解释了为什么每个人对美的触感有所不同。

那些优于你所"见"之人，可能并不仅仅是比你会观察，而是在美的经验和层面上，有着你暂时未抵达的高度和境界。

3

惋惜。

看负面新闻时，我们总会不自觉地替当事人感到惋惜。

看贪官落马，你总会想到，要是他们当时知道会有今天的下场，一定会懂得洁身自好，而不去蹚浑水。

看出轨事件，你总会想到，要是知道会被曝光，当初就应该管好自己的身心，而不是肆意妄为。

看意外伤害，你更会想到，要是当初不那么作，明知山有虎，就不该为了斗气下车，被老虎伤到。

可惜的是，这个世上根本就没有如果、万一、早知道。

其实，任何事情一旦发生，无论好坏，都有其道理。甚至发生在你身上的任何事，也并非平白无故。

愚昧的人，总在受到挫败以后，怪自己走霉运，甚至还幻想，若当初小心点，谨慎点，冷静点，就万事大吉。

但聪明的人却知道，这一切都怪不得别人，也怪不得上天，要怪就怪自己。明知不可为而为之，明知有身败名裂的风险，却依旧斗胆去走钢丝绳。

请记得，常在河边走，哪有不湿鞋。

如果你自觉承担得了此中的危险，那不过是个人选择，应另当别论。如果你承担不起，劝君在行事时多想后果，而不是出事后去想如果。

最后也最重要的是，不要在别人遭殃时沾沾自喜。

也不要觉得自己就是一个好人，因为许多时候，你不是不犯错，只是没有犯错的机会和余力罢了。多用别人失败的教训，警醒自己，才是上上策。

不过是殊途同归

《红楼梦》第三回"托内兄如海荐西宾，接外孙贾母惜孤女"中，写道：

> 众人见黛玉年纪虽小，其举止言谈不俗，身体面貌虽弱不胜衣，却有一段风流态度，便知她有不足之症。因问：常服何药？为何不治好了？黛玉道："我自来如此，从会吃饭时便吃药到如今了。经过多少名医，总未见效。那一年，我才三岁，听说来了一个癞头和尚，说要化我去出家，我父母自是不从。他又说：'既舍不得她，但只怕她的病一生也不能好的！若要好时，除非从此以后总不许见哭声，除父母之外，凡有外亲一概不见，方可平安了此一生。'这和尚疯疯癫癫说了这些不经之谈，也没人理他……"

其实这一段引起我的注意，还是读了第五遍以后。初次读时，只觉得这是稀松平常的描述，多读几次以后，你会发现，原来在《红楼梦》的开篇就已经预示了林黛玉的结局。

从她走进大观园与贾母见面的那一刻，其实就是见了外亲。从她与宝玉的相识与结缘，其实就是悲剧的开始，自然哭声会比笑声多。

那一刻，我突然大悟。原来这一切早就注定了。如果你初看这本书，一定不会有这样的体会，从头看到尾，再带着结局想开头，多悟几次，你就懂了。

其实世间的一切相遇，又何尝不是如此？有时我们在生命中会遇到什么人，哪些人只是过客，哪些人只是路过，哪些人又会陪你终老，缘深缘浅，都由不得你。

记得有句话说，**人的一生会有三次相遇，第一次是偶然，第二次是必然，第三次是命中注定。**

无论我们遇到谁，他都是我们生命中的贵客，都会教会我们一些东西。也许年少轻狂时，你会有极其强烈的憎恶和喜好之别，但随着年纪渐长，你会越来越珍惜与亲人、好友，乃至仅有一面之缘的陌生人的相处，因为你慢慢地了解到，相遇有时本来就是一种恩赐。

哪怕那些让你不快乐，使你生气，甚至让你讨厌的人，他们其实也是上天安排特意跑到你的生命中来度你的。只看你自己是否有这样的慧根将恶缘转为善缘。

其实所有的遇见都是另一种方式的偿还。

我们如何对别人，都是对内在自我的观照和反射。

所以我们常说，善待别人其实就是善待你自己。因为既然此生注定要相遇，那又何必带着那么多的怨气呢？

记得在电影《后会无期》中，有这么一段话：跟人告别的时候吧，还是得用力一点，因为你多说一句话，说不定就是最后一句，多看一眼，弄不好就是最后一眼。

许多时候，我们会按照正向的顺序去思考人生，但我时常喜欢把人生倒过来想。因为每个人到最后，不过是殊途同归。

我们不过是到人间行走一趟，什么也留不下，什么也带不走，唯一可以让我们觉得此生无憾的，就是这一短暂旅途中你所遇到的人，所经的事，以及独一无二的体会、感受和经历。

既然是生命中注定要出现的人，相识一场，本就不容易。所以互相珍惜、包容和体谅，算是我们对生命最大的感恩和谢意！

一个人越活越智慧的五个习惯

第一，多读书。

有一句话说，没有养成读书习惯的人，是被眼前的世界禁锢住的，他的生活是机械的，刻板的。

其实人之所以要读书，并非因为读书这个行为有多么了不起，也不是因为读书可以给我们带来多少好处，而是因为书既是你的良师益友，可以帮你答疑解惑，也可以是你的精神支柱，让你有勇气和力量去改变现状，更是你闲暇生活外的一片净土，只要翻开书，你就可以与一切世俗纷扰和烦琐庸常隔离开来。

如果读书，我们可以经历一千种人生，但如果不读书，我们却只能活一次。

所以当你还有追求、还在奋斗、还有不满时，读书是成本最低的投资，也是提升自我最好的途径。

第二，多旅行。

在知乎上曾有一个问题：去过一百个以上的国家，是种怎样的体验？

有个高赞的回答是，懂得了这个世界上没有所谓的天然正确和绝对政治正确，能够接受别人有不同的三观以及延伸出来的思考方式。

其实旅行的意义，并不是随手拍几张照片，证明你到此一游，也不是作为跟别人聊天时的谈资。

它可以开阔你的眼界和胸襟，让你发现这个世界上原来还有各种各样的人以五花八门的方式生活着。

它能让你变得更加宽容和大度，让你能用更好的心态去接纳和看待不同的价值观。

它更是一种内在的净化和滋养，让你从内在生发出一种对生命的敬意和厚爱，去认真感受和领略每一天的丰富和精彩。

所以当你处在人生的局限和瓶颈期时，不妨抽个时间背上行囊，轻装前行，去看看山河大海，去感受日月星辰，去更好地开阔你自己。

第三，多经历。

人的一生只有短短几十年。

想要拥有更多可能，就要去见一些害怕见的人，去做一些不敢做的事，去走一些并不常走的路。

也许在这个过程中，我们会遇到挫折、困难和麻烦，但那些熬过的苦，受过的难，终会变成我们生命中最宝贵的财富。

有人曾说，一个人经过不同程度的锻炼，就获得不同程度的修养、不同程度的效益。好比香料，捣得愈碎，磨得愈细，香得愈浓烈。

其实在生活中，你的每一次尝试，每一次突破，每一次探索，无论成败与否，都并非毫无用处。

你的经历越多，你对生活的接纳度就越高，你对人生的感受力就越强，你的心态，就会随之变得越来越好。

第四，多思考。

有人曾说，人与人之间最大的区别，就在于他们是否具有独立的思考能力。

有些人，只会随波逐流，根本没有自己的主见，遇到任何事，总是会依附于别人的经验和判断。

而有些人，无论遭遇怎样的境况，都懂得理性地去分析问题，然后做出最佳的选择。

其实，这个世上有很多事实和真相都被层层掩盖了。

如果你不学会敏锐地去洞悉、观察和分辨，你就很容易被别人牵着鼻子走，也难以知道事情的真伪、是非和对错。

只有当你学会了独立思考，才能知道什么才是真正适合自己的，什么才是你应该去遵循的，什么才是你应该去相信和践行的。

第五，多反省。

每个人都并非完美的，在性格上，总会有瑕疵，在习惯上，总会有缺点，在为人处世上，也有许多不足之处。

重要的从来不是去逃避、去抱怨、去指责这些错误，而是要学会多反省自己身上的不足。

苏格拉底曾说，不经反思的人生，不值得一过。

如果一个人学不会反省，他就容易陷入刚愎自用的误区中。

他们总觉得自己很优秀，并不需要改进和提高。

他们在遇事时，总会去怪别人，而不是反求诸己，他们甚至会按照狭隘和偏执的思维方式，一直我行我素地错下去。

其实一个人最难的，不是去看清别人，而是去认识你自己。

只有当一个人学会了反省，才会从自己身上去发现问题，进而才会加以纠正、改变和完善。

你所见的每一个人，所经的每一件事，所看的每一处风景，都逐渐内化成了今天的你。

读万卷书，让你从内丰富自己；行万里路，让你从外拓展自己；吃过的亏，碰过的壁，让你不断去突破自己；而常常反思和自省，就会让你全方位地去提升你自己。

余生，愿你拥有足够多的智慧，以应对所有世事的艰难和刁难！

要想人前显贵，必得人后受罪：观《霸王别姬》

1

我本是男儿郎，又不是女娇娥。

在这部电影的开头，小豆子被他娘送进戏班子里唱戏。当师傅让他背台词，他背成了"我本是男儿郎，又不是女娇娥"。

当时他被师傅暴打一番，依旧不改口，誓死也不说那一句"我本是女娇娥，又不是男儿郎"。

当时他眼神里透出的刚硬和倔强，让人心痛无比。原本他不过是个十来岁的男孩子，让他改变自己的性别去演戏，这需要的不仅仅是勇气，更是一种近乎扭曲的行为。

在电影的中间部分，戏园经理来到戏园子里选角，当时他就看上了小豆子，让他唱几句。

小豆子一亮嗓子，戏园经理就甚为满意，可当他唱到关键处时，居然又唱成了"我本是男儿郎，又不是女娇娥"。

当时戏园经理脸色立马变了，气冲冲地准备走，可此时，小豆子的大师兄小石头为了救他，立马用长长的烟杆，往他嘴里一个劲儿地捅，然后还以一种恨铁不成钢的态度，一边惩罚他，一边怒吼道："我叫你错，我叫你错……"

那一刻，戏园经理和小豆子的师傅都突然愣住了，而当大师兄停手时，小豆子的嘴里渗出了血，但在停顿了几秒后，他突然从凳子上站起来，唱出了那一句"我本是女娇娥，又不是男儿郎"。

也就是从那一刻起，铺就了他的名角之路。但也是从那一刻起，我们都知道，他已经彻底绝望了。

而在电影的最后，当程蝶衣——也就是小豆子，扮演的虞姬，和他的大师兄段小楼——也就是小石头扮演的霸王，时隔多年在戏台上唱戏，段小楼开始背那一段他们都记忆尤深的台词。

段小楼：小尼姑年方二八……
程蝶衣：正青春被师傅削去了头发！
段小楼：我本是男儿郎……
程蝶衣：又不是女娇娥！
段小楼：错了！又错了！

彼此，程蝶衣愣了一下神，自言自语道："我本是男儿郎，又不是女娇娥！"

　　然后他回过神后，说道："来，我们再来！"

　　程蝶衣：大王，快将宝剑赐与妾身！

　　段小楼：妃子，不，不……不可寻此短见呐！

　　程蝶衣：大王，汉兵他……他……他杀进来了！

　　正当段小楼转身时，程蝶衣抽出了他身后的剑，自刎了。

　　其实程蝶衣之所以如此，不过是因他完全将生活和艺术融为了一体。其实这是一个人物，一个角色，乃至一个时代的悲剧。

　　当初他走投无路，被迫饰演虞姬，也被迫改口，称自己是女娇娥，而当他彻底进入京剧中的角色时，他变成了真虞姬，爱上了他的大师兄假霸王。

　　有人说，程蝶衣的纯粹害了他一生。毕竟他将毕生的心血都耗在了虞姬这一角色中，与之如影随形，一辈子也走不出来了。

　　也有人说，是他的纯粹成就了他的名气。因为真正的艺术，就是要达到人戏不分的境界，才可以将其中的精粹淋漓尽致地展露出来。

　　其实在我看来，任何人的命运都有其幸运之处，也有其不幸之处。这世上，哪儿有两全其美之事？

　　但凡成就你的，势必也是打垮你的；但凡让你快乐的，势必也是让你痛苦的；甚至让你辉煌一时的，也可能会让你落寞终生。

　　无所谓平衡，无所谓圆满，本来人生中的大部分选择，都是自己成全自己罢了。

2

要想人前显贵，必得人后受罪。

小豆子进入戏园以后，就整天被师傅逼着练习各种基本功，以现在的价值观来看，让一个弱不禁风的孩子在寒冬对着江河练声，在雪天拿着一盆水练蹲姿，吊着腿立着腰背台词，一旦出错，就大鞭子伺候，是十分残忍的。

但如戏园的师傅所说，要想人前显贵，就得人后受罪。

电影里，有一幕是小石头趁大伙儿不注意时，故意开了戏园的门，将小豆子和另外一个小师弟小癞子放了出去。

原本这两个人兴高采烈，以为终于逃脱了魔掌。正当他们聊着天，吃着用身上仅剩下的钱买来的冰糖葫芦时，大街上传来了马车急促的声音。有人在前面大喊："角儿来了！角儿来了！这儿有近道，走近道！"

没过多久，他们两人看到一个唱戏的中年男人从马车中慢吞吞地走出来，周围群众反响异常，一个劲儿地在鼓掌。

旁边的人还说，今儿要不挤出半条人命来，算万事大吉了。小豆子两人也是头一次见这么大的场面，完全惊呆了，于是准备溜进戏园里看热闹。

进去以后，小豆子看见台上的人在表演京剧《霸王别姬》那壮观的场面，瞬间眼神定住了。

由于个头不高，两人就商量轮流骑在对方头上，好看得清楚一些。

结果小癞子先骑到小豆子肩膀上去，一边看，一边狂哭，然后用右手的衣袖抹眼泪，还自问道：他们怎么成的角儿啊？得挨多少打呀？我什么时候才能成角儿啊？

而当轮到小豆子骑到小癞子肩膀上去看时，他也哭了，但哭得是那么寂静，那么沉默，那么深刻，过了一会儿，他突然拉着小癞子一路往外疯跑，回到戏园。

当时小癞子还怨他说，我就知道你要回来，离了小石头，你就活不了！回去你又要挨刀胚子，我反正是不怕，早就打皮实了，师傅打我就跟挠痒痒似的……

但整个过程中，小豆子一言不发。当他发现师傅正在惩罚师兄小石头放了他们两人走时，他站在他们前面，突然说：师傅，是我自个儿跑的，不关师哥的事，您打我！

于是他主动趴在凳子上，被师傅一鞭子又一鞭子地狠狠抽打，园子里的其他师兄弟纷纷跪下来求情。

但从始至终，小豆子一声不吭地忍着，这样坚定和勇敢。

而此时，小癞子完全看傻眼了，他害怕了，于是他想着与其被师傅活活打死，还不如把衣服口袋里的冰糖葫芦全部吃下，然后上吊自杀呢。

看到这儿，无不让人感慨万千。但我想更多从小豆子的瞬间转变，来谈一谈浅薄之见。

当小豆子看到台上真正的角儿时，他的眼睛里第一次放射出了真正的光亮。如果说小癞子的眼泪，是出于意气风发的感动，那么小豆子的眼泪一定是出于自我的彻底觉醒。

而通常真正的了悟，其实并不喧嚣，也无须声张，当你心里有了真正的目标和方向时，自然能忍受许多常人无法忍受的苦，无法受的罪，以及无法扛过的大灾大难。

当然，长大后的小豆子通过自己的艰苦打磨，最终也成了真正的名角儿，也印证了师傅那一句话，要想人前显贵，必得人后受罪。

但我总在想，为什么戏园里那么多勤学苦练的弟子，唯有小豆子成了名？当然你可以说，这是小豆子的运气好，但不得不说，成功一定要受尽折磨和考验。如果你心中没有明确的目标，就根本成不了大气候，也难以真正出人头地。

一个人想要做成某一件事，或者实现某一个理想，一定离不开三个主观条件。第一，志向。第二，勤奋。第三，持之以恒。兼之，可能走出康庄大道。缺之，必将前功尽弃。

3

假霸王，真凡人。

段小楼这个角色，让人又爱又恨。

因为作为观众而言，很难接受一个原本有情有义的人，居然也做出了出卖朋友和爱人的事。

虽然我们如今的时代背景不一样了，但是反过来想，有太多时刻，我们都是旁观者，并没有进入真实的境况中，去亲自感受人物当时的为难之处，也难以对此做出公正的评判和分析。

更何况，艺术有时仅仅就是为了展现真实的人生，而无关道德层面的好与坏，善与恶，对与错。

第一，他为人仗义。在电影里，段小楼也就是小石头，曾在程蝶衣，也就是小豆子刚入戏园时，对他照顾有加。

当戏园里的其他小伙伴都欺负小豆子，还嘲笑他母亲是妓女时，只有段小楼毫不歧视，给他腾床睡，还把自己唯一的厚被子给他。

看到小豆子训练太辛苦，于是他偷偷给小豆子做了一些手脚，故意踢开小豆子脚下的砖，结果被师傅体罚，在大冬天顶着一盆水，跪在地上，到半夜回来时，整个人都冻僵了。

为了让小豆子逃出戏园，他冒着被师傅抽打的危险，斗胆给小豆子开了门，甚至在小豆子自己跑回来时，为了保护小豆子，他居然跟师傅对抗。

第二，他为人厚道。他去花满楼找菊仙，结果发现菊仙被一群达官贵人所困，于是为了帮她解围，他急中生智，提到自己和菊仙在当天晚上要成亲，还一口气喝了一大碗定亲酒。

但这些滋事的人根本不买账，于是他居然拿着一个茶壶直接砸到自己的脑门上，才镇住了那群人。后来菊仙误以为段小楼对她有真感情，于是用全部的金银首饰赎了身。然后光着脚，身无分文地去投靠他，还要让他娶她。原本他当时只是为了救她，并没有真心想过要娶她，毕竟她是风月女子，他那时已经是京城里响当当的名角儿。

可当他得知，如果他不娶她，她就孤苦无依，可能会寻短见时，居然没考虑过流言蜚语和巨大的舆论压力，就爽快地答应了，最终也设了宴，光明正大地娶了菊仙。

第三，他有正气和血性。他拒绝为日本人唱戏，即便面对日本人的挑衅，他也胆敢把茶壶往亲日的警官头上砸去，甚至被捕入狱后，他也面不改色，依旧镇定自若。

当得知程蝶衣为了救他出来，去给日本人唱戏时，他走出监狱的大门，居然啐了程蝶衣一口。

可就是这样近乎完美的人，居然在后来的特殊背景下，选择了投降，甚至昧着良心揭发了程蝶衣和菊仙。

第一次，当小四接替程蝶衣去演虞姬这个角色时，他明知小四背叛了程蝶衣，原本也不想跟小四配合，可最终迫于形势的压力，还是妥协了。

第二次，当戏园里以小四为首的人在谈论对现代戏的看法时，他背叛了自己内心对戏剧的真实想法和追求，选择了明哲保身。

第三次，当他被批斗时，为了活命，不惜揭露程蝶衣和袁四爷之间不可告人的秘密，而原本他知道，程蝶衣当时委身于袁四爷，完全是为了救自己。同时，他也揭露了菊仙曾经是个妓女，要跟她划清界限。

在电影里，段小楼的前半生，确实是个真霸王，可后半生，却也是一个真凡人。

在此，我不想单纯去批判他这个人。

我仅仅觉得，从他身上，我看到了人性的丑恶和善良，看到了人性里的阴险和磊落，也看到了人性里原本没有绝对的好，也没有绝对的坏。

在真实的人生中，人的性情原本就是复杂的。企图用单一的道德标准，对角色做出批判，是不公平的。而企图只从人性中的固有缺点，去怜悯角色，也是有失偏颇的。

因为只要是人，就具有人性里的优质性，当然也同时存在劣根性。

同时，人之所以区别于动物，就在于人可以有较高的修养和德行，可以做出更加无愧于心的选择。

而这其中的高低之别，就在于每个人如何去把握分寸、掌握平衡、坚守原则罢了。

认清生活的真相后，依然热爱生活：
观《少年派的奇幻漂流》

1

2013 年，李安执导的电影《少年派的奇幻漂流》让他获得了第 85 届奥斯卡最佳导演奖，他也是迄今为止唯一获此殊荣的华人导演。

电影讲的是，男主角少年派遇到了一次海难，家人全部丧生，最终他与一头孟加拉虎在救生小船上漂流了 227 天的故事。

派从小好奇心很重，他同时拥有三种宗教信仰，分别是基督教、伊斯兰教和印度教。

他的父亲是个精明的商人，相信科学，靠开动物园养活他们一家。

而他的母亲是一个植物学家，为了丈夫放弃了工作，当起了一名家庭主妇，她有很深的宗教信仰。

另外，派还有一个比自己大两岁的哥哥。

原本这一家四口在印度有着优渥的生活，但后来动物园衰落，于是为了更好的生活，父亲决定举家连带着喂养的动物，一起迁到加拿大。

结果他们乘坐的这艘船在穿越太平洋的时候，经历了类似泰坦尼克号的沉船事件，最终因为派落在了救生艇上，所以整条船就他一个人幸存了下来。

2

在他们未离开印度时，有一天，他们一家四口坐在餐桌旁吃晚餐，同时讨论派的宗教信仰问题。

此时派的父亲告诉他，你不能同时信三种不同的宗教，因为什么都相信，就跟什么都不信一样。

而他妈妈反驳说，他还小，还在摸索中。

可爸爸又说："但他如果不选定道路，又怎能摸索出路呢？听着，与其在各种宗教中举棋不定，不如选择信奉理性？百年间，科学引领我们了解宇宙的深度，就已经远超宗教几千年的成果。"

其实这段话也像极了我们每一个人的人生，当你还不够坚定自己将要走什么样的路，成为什么样的人，过什么样的生活时，其实你会感到很迷茫。

你会陷入眉毛胡子一把抓的窘境中，仿佛什么都想做，又仿佛什么也做不好，总是徘徊不前，举棋不定。

派的妈妈此时又说："这话在理，你父亲说得没错，科学能帮助我们了解外在的事物，但内在世界却不行。"言外之意是说，宗教并非一无是处，它可以起到抚慰和净化灵魂的作用。

其实这两个观点并不冲突。因为一个好的生存环境，一定是科学和文化的结合体。前者教会我们认识外在世界，后者教会我们认识内在的自己。

他爸爸又回了一句，确实，有人吃肉，也有人吃素……但我宁愿你信奉一种我不接受的宗教，也不愿意你盲目信奉一切。

最后这一句话，我十分赞同。因为人跟人之间最大的区别，其实就在于是否有独立思考的能力。

毕竟，我们也许穷尽一生，也无法抵达真理的彼岸，甚至在这个世上，有很多人和事并不是非黑即白，也分不清所谓绝对的对和错、好与坏、输与赢。

最重要的不是盲目地去相信一切，而是至少你要有自己的人生价值观，而不是随波逐流，人云亦云，失去了做人最基本的判断和认知。

3
·

电影里有个精彩的部分，就是派出于好奇，趁父母不在家时，偷偷跑到关动物的地方，打开里面的闸门开关，然后一头凶猛的孟加拉虎就缓缓地向他走了过来。

他拿起案板上的一块肉，等待老虎来吃。他怕得手一直发抖，但他的眼神充满了坚定，因为他相信，他当老虎是朋友，老虎也一定不会伤到他。

正当老虎准备张开嘴巴，离他越来越近时，他爸爸回来了，立马喊道：住手！你怎么想的？同时，立马把他拖到了旁边去。他爸爸极其愤怒，质问他，你忘了我以前跟你说的话了吗？

派却镇定自若地说，我……我只想跟它打声招呼。

然后他爸爸说，你当老虎是你朋友吗？这是动物，不是玩伴！

派说，野兽也有灵魂的，我从它们眼里能看出来。

他爸爸摇了摇头，因为他知道，即便跟儿子讲道理，也是无用的。

于是爸爸叫手下送来一头羊，把羊放在了铁栅栏外，然后把闸门重新打开，让派亲自见证老虎的凶猛血性。

派的妈妈前来阻止，因为她觉得看到这样的场景，对孩子来说太残忍了，甚至还会蒙上心理阴影。

但爸爸知道，如果不这样做，不让他真正发现老虎的危险，他就会被老虎吃掉，因为爸爸要让派永远记住这一次的教训。

而事实证明，当老虎被放了出来发现了小羊时，它根本就不会有如人一样的同情和怜悯，而是几乎在几秒之内，就将小羊生吞活剥了。

其实在现实生活中，我们也都曾有这样疯狂的想法，虽然我们去试探的不是老虎，虽然我们可能也并没有受到实际的伤害，但是在每个人的内心深处，都存在着对这个世界的某种好奇和探索欲。

甚至有时，你明知不该去想，不该去尝试，但你越压抑，这种情绪就越强烈。

而这里其实也是给后面的故事情节埋下了伏笔。

因为我们每个人的心中，其实都有一头老虎，它代表着我们渴望去征服自己的那一面，也象征着人性里隐藏的恶。

许多时刻，我们以为我们是要征服别人，征服对手，征服全世界，其实终其一生，我们做的最重要的一件事，不过是征服我们自己，征服我们的欲望，征服我们的贪念，征服我们本性中最丑陋不堪的那一面。

而在电影中，派为了生存，不得不战胜内心的恐惧，一次又一次跟老虎斗智斗勇，最终靠自己的智慧和勇气，彻底征服了它，然后和它相依为命，在海上漂流了 227 天，最终获救。

有人曾说，如果没有那一头老虎，估计派也失去了独自一人在海上活下去的斗志和勇气，我深以为然。

也许对当时的派而言，他感到极度害怕，乃至恐惧，因为他随时需要提高警惕，生怕一个不小心就被老虎生吃了。

但后来，当他终于漂浮到了墨西哥海岸上时，他挣扎着倒在沙滩上，几乎筋疲力尽，不能动弹，此时老虎从船上跳下来，它伸展四肢，来到丛林边缘，停了下来。

派认为它会回来看他，应该以某种形式结束他们之间的关系，但它耳朵往后垂，发出咆哮，驻足在一处，停顿了十几秒，最终依旧没往回看，然后彻底走进了森林，消失不见。

后来派被他的同胞发现，然后带着一群人将他抬起来，送去医治，就在此时，派哭得像个孩子，不是因为高兴获救，虽然他高兴终于摆脱了对死亡的恐惧，但是他哭的是那头老虎如此绝情地离开了他。

后来他在跟作家讲述这段经历时说："我爸说得对，理查德·帕克从来没把我当朋友，即便一起经历了那么多，他还是头都没回就走了。

"但我还是相信，他们的眼里，有一些倒影之外的东西。我确定，我能感受到，即使我无法证明。

"我失去了那么多，我的家人、动物园、印度、阿南蒂……但最让人心痛的是我没能好好道别。"

其实此时的老虎也象征一个人的信仰，它看不见，摸不着，也无法去验证，它仅仅存在于每个人的内心深处。

而更多时刻，人是因为相信了，才会有可能。并非有了可能，才去相信。

就如派一样，虽然从科学的角度，似乎人和老虎共存并不是一件可能的事，但是从人的心灵世界出发，只要你愿意去相信，有时就可以做到战胜你自己，战胜一切看似无法完成的事，以及创造一些看似不可思议的奇迹。

而关于道别，有人说，最后这一句台词，特别像是导演李安对自己已故父亲的愧疚和遗憾。

但其实对我们每个人而言，又何尝没有这样的遗憾？在我们的生命中，有太多人，当我们还来不及好好说再见时，就已经猝不及防地离开了我们。当你追悔莫及时，发现一切都已成无法挽回的定局。

所以请学会珍惜和善待你身边的每一个人，因为人生并没有太多明天，反而充满了太多未知和意外。

4

在电影的结尾处，派说他住进了医院，接受康复治疗。此时有人专门来采访他，想要通过他弄清楚为什么发生海难。

刚开始，他讲了第一个故事。他提到和孟加拉虎在船上漂流，遇到的幻境和险境，提到了食人岛上的奇遇，等等。可是采访者并不相信。

于是他又编了一个故事。讲的是当时幸存下来的人是他和母亲、一名瘸腿的水手、一名厨师，还有一只老鼠。讲了几个人自相残杀的故事。

其实这里讲的"残杀"，也就是赤裸裸的人性。当一个人被逼到绝境时，哪怕是有三种信仰的派，最终也破了戒，开了荤，残杀了自己的同类。

当派将整个事件全部讲给那位作家听，并问他，这两个故事你更喜欢哪一个时，作家沉默良久后说道：有老虎的那一个，那一个更加美好。

而派也点头说道：我也更喜欢这个，因为它更接近上帝的旨意。然后此时，派的妻子带着两个孩子回到了家中，电影结束。

有人说，如果这部电影少了最后这个故事，大概我们可以把它当作《动物世界》来看，但也正因为最后这个故事的加入——虽然究竟哪一个是真的，导演并没有指明，而是要靠观众去猜，并且每个观众相信的都不一样——才让这部片子充满了神秘的色彩，以及令人去回味和思考的乐趣。

在我看来，我相信这两个故事其实都是真的。

相信第一个故事，因为它让我看到了人性中善的一面，也相信第二个故事，因为它让我知道了，人性中其实也有不堪的一面。这两者并不冲突，原本人性就具有复杂性。

记得罗曼·罗兰曾说，世界上只有一种真正的英雄主义，就是认清生活的真相后还依然热爱它。

心存美好，因为我们要靠乐观、积极、阳光的心态去获得幸福，也要心存敬畏，不轻易去试探、考验和挑战人性的底线，如此才能更好地保护自己，远离危险之地。

日常

1

又是一个周末，因为头痛得厉害，整整两天，我都没出门。在家补补觉，看看书，写写文章，内心感到无比充实和心安。

每天习惯了奔走忙碌，其实很少有这样的机会能安静下来，可以随心所欲地去做自己喜欢的事。此刻，窗外传来慵懒的蝉鸣声，几束阳光落在地板上，微风徐来，树叶随之轻轻摇曳。

我穿着家居服，双脚盘坐在沙发上，不慌不忙地剥着葡萄皮，享受着难得的岁月静好。

喜欢安静，仿佛是一种与生俱来的天性。你若问我，怎样的状态最令我感到轻松和愉快，那一定是不被人打扰的闲暇。因为只有当我一个人时，我才真真切切地感受到自己的存在，以及拥有跟自己对话、谈心和了解自己的机会。

其实，也并非孤僻，我喜欢跟志同道合的人交流，但不喜欢毫无节制的热闹和消耗。所以大多数时刻，我显得沉默寡言。

2
●

写作的这几年，我有过许多刻骨铭心的感受和经历。

有着刚起步时难以坚持下去时的无奈、崩溃和自我怀疑，也有着看不到自己进步时的煎熬、痛苦和自我否定。但从始至终，我的内心深处从未想过放弃，从未有过。读书和写作，仿佛是我生命中的救命稻草。

我拼命地想要抓住它，并非因为我想要靠它得到些什么，而是因为有它，我才感觉到自己是鲜活的，是自由的，是拥有无限可能的。

我常在想，如果此生并没有发现自己对文字如此执着和偏爱，我的人生轨迹又是另一番景象。可是人生，哪儿有这么多如果，我从不后悔自己曾做出的每一个决定，哪怕是错的。

因为正是它们慢慢带领我走向了今天的自己。

尼采说过一句话，一个人知道自己为什么而活，他就可以忍受任何一种生活。

在我看来，"忍受"这个词，显得太过沉重了些，我想把它换成"接纳"，接纳生命中全部的不完美。因为当你拥有了自己想要的东西时，或者说，哪怕你只是知道了自己真正想要什么时，你就会对自己未曾得到的，已经失去的一切，不再悔恨，不再苛责，而是怀着一份潇洒、豁达和淡然的态度，轻松地将它们舍弃。

3

不愿去提为写作放弃和承受了些什么，因为它给我的远远超过我所付出的。

写作给我最大的恩赐，便是让我发现了此生的归宿和使命。哪怕我跋涉千里，最终并没有去到想要去的彼岸，但一个人知道自己为什么而活，为什么而奋斗，这就已经是一种极大的幸运。

有太多时刻，我们总纠结于付出得不到想要的回报。其实回报有时恰恰就藏在你的付出中，而非必须要在结果中显现。

就如我们全心全意去爱一个人，我们对他的关心、照顾和体贴，其实就是回报，因为爱和被爱，是一种同等重要的能力。

如果一个人对所付出的一切，抱着心甘情愿的态度，自然就不会有太多怨念。

如果你仅仅是抱着非要去得到什么的执念，就难免会失望。

因为这个世上，有太多事情是我们无法去决定和掌控的，你能做的仅仅是竭尽全力，而非去强求些什么。

4
.

有时周末在家，如果我有了做饭的兴致，通常会做几道小菜。

比如青花椒鱼、水煮肉片、黄焖鸡等，这些都是我爱吃的，虽然极少下厨，但是做饭其实跟写文章是一个道理。你并不一定非要是大厨，也不一定要经验丰富，甚至你可以不知如何开始，但是只要你饱含热情，愿意去尝试，心中怀有对生活的敬意，也能从葱姜蒜末中，发现诗和远方。在柴米油盐中，也能生发出对美的感受和体验。

其实人这一生，并没有那么多高光时刻，也没有那么多轰轰烈烈的瞬间，无非就是由无数个一日三餐和衣食住行拼凑而成。我们不必非要去取得多大的成就，也不必去做成多大的事业，你就扎扎实实地过好每一天，吃好每一顿饭，睡好每一次觉，做好每一件事，永远怀揣希望，永远阳光向上，永远珍惜当下的每一时，每一刻，每一秒，做到不辜负此生，不辜负岁月，不辜负自己，这就足够了。余生，愿你做一个健康快乐的普通人，愿你拥有美好纯净的希望，更愿你脚踏实地去争取，去努力，去奋斗，去成为自己心中想要成为的样子。

图书在版编目（CIP）数据

每一种优秀，都有一段静默时光 / 李思圆著 . 一长沙：湖南文艺出版社，2020.4（2021.6 重印）
ISBN 978–7–5404–9574–9

Ⅰ . ①每… Ⅱ . ①李… Ⅲ . ①散文集—中国—当代
Ⅳ . ① I267

中国版本图书馆 CIP 数据核字（2020）第 046033 号

上架建议：畅销 · 励志

MEI YI ZHONG YOUXIU, DOU YOU YI DUAN JINGMO SHIGUANG
每一种优秀，都有一段静默时光

作　　者：李思圆
出 版 人：曾赛丰
责任编辑：丁丽丹
监　　制：毛闽峰　李　娜
策划编辑：张　璐
文案编辑：王　静
营销编辑：焦亚楠　李　帅
封面设计：介末设计
版式设计：利　锐
出　　版：湖南文艺出版社
　　　　　（长沙市雨花区东二环一段 508 号　邮编：410014）
网　　址：www.hnwy.net
印　　刷：三河市鑫金马印装有限公司
经　　销：新华书店
开　　本：875mm × 1230mm　1/32
字　　数：211 千字
印　　张：10
版　　次：2020 年 4 月第 1 版
印　　次：2021 年 6 月第 2 次印刷
书　　号：ISBN 978–7–5404–9574–9
定　　价：46.00 元

若有质量问题，请致电质量监督电话：010-59096394
团购电话：010-59320018